老 舍 ◎ 著

李异鸣 ◎ 主编

U0722682

现代文学·蓝皮轻经典

我这一辈子

应急管理出版社

·北 京·

图书在版编目（CIP）数据

我这一辈子/老舍著；李异鸣主编 . − − 北京：应急管理出版社，2021

（现代文学：蓝皮轻经典）

ISBN 978 − 7 − 5020 − 8674 − 9

Ⅰ.①我… Ⅱ.①老… ②李… Ⅲ.①中篇小说—小说集—中国—现代 ②短篇小说—小说集—中国—现代 Ⅳ.①I246.7

中国版本图书馆 CIP 数据核字（2021）第 017792 号

我这一辈子（现代文学 蓝皮轻经典）

著　　者	老　舍	
主　　编	李异鸣	
责任编辑	陈棣芳	
封面设计	沈加坤	

出版发行 应急管理出版社（北京市朝阳区芍药居 35 号　100029）
电　　话 010 − 84657898（总编室）　010 − 84657880（读者服务部）
网　　址 www.cciph.com.cn
印　　刷 天津文林印务有限公司
经　　销 全国新华书店

开　　本 880mm×1230mm$^1/_{32}$　**印张** 42　**字数** 834 千字
版　　次 2021 年 5 月第 1 版　2021 年 5 月第 1 次印刷
社内编号 20193223　　　　**定价** 240.00 元（共十册）

目 录

我这一辈子

一

我幼年读过书，虽然不多，可是足够读七侠五义与三国志演义什么的。我记得好几段聊斋，到如今还能说得很齐全动听，不但听的人都夸奖我的记性好，连我自己也觉得应该高兴。可是，我并念不懂聊斋的原文，那太深了；我所记得的几段，都是由小报上的"评讲聊斋"念来的——把原文变成白话，又添上些逗哏打趣，实在有个意思！

我的字写得也不坏。拿我的字和老年间衙门里的公文比一比，论个儿的匀适，墨色的光润，与行列的齐整，我实在相信我可以作个很好的"笔帖式"。自然我不敢高攀，说我有写奏折的本领，可是眼前的通常公文是准保能写到好处的。

凭我认字与写的本事，我本该去当差。当差虽不见得一定能增光耀祖，但是至少也比作别的事更体面些。况且呢，差事不管大小，多少总有个升腾。我看见不止一位了，官职很大，可是那笔字还不如我的好呢，连句整话都说不出来。这样的人既能作高官，我怎么不能呢？

可是，当我十五岁的时候，家里教我去学徒。五行八作，行行出状元，学手艺原不是什么低搭的事；不过比较当差稍差点劲儿罢了。学手艺，一辈子逃不出手艺人去，即使能大发财源，也高不过大官儿不是？可是我并没和家里闹别扭，就去学徒了；十五岁的人，自然没有多少主意。况且家里老人还说，学满了艺，能挣上钱，就给我说亲事。在当时，我想象着结婚必是件有趣的事。那么，吃上二三年的苦，而后大人似的去耍手艺挣钱，家里再有个小媳妇，大概也很下得去了。

我学的是裱糊匠。在那太平年月，裱匠是不愁没饭吃的。那时候，死一个人不象现在这么省事。这可并不是说，老年间的人要翻来覆去的死好几回，不干脆的一下子断了气。我是说，那时候死人，丧家要拼命的花钱，一点不惜力气与金钱的讲排场。就拿与冥衣铺有关系的事来说吧，就得花上老些个钱。人一断气，马上就得去糊"倒头车"——现在，连这个名词儿也许有好多人不晓得了。紧跟着便是"接三"，必定有些烧活：车轿骡马，墩箱灵人，引魂幡，灵花等等。要是害月子病死的，还必须另糊一头牛，和一个鸡罩。赶到"一七"念经，又得糊楼库，金山银山，尺头元宝，四季衣服，四季花草，古玩陈设，各样木器。及至出殡，纸亭纸架之外，还有许多烧活，至不济也得弄一对"童儿"举着。"五七"烧伞，六十天糊船桥。一个死人到六十天后才和我们裱糊匠脱离关系，一年之中，死那么十来个有钱的人，我们便有了吃喝。

裱糊匠并不专伺候死人，我们也伺候神仙。早年间的神仙不象如今晚儿的这样寒碜，就拿关老爷说吧，早年间每到六月二十四，人们必给他糊黄幡宝盖，马童马匹，和七星大旗什么的。现在，几乎没有人再惦记着关公了！遇上闹"天花"，我们又得为娘娘们忙一阵。九位娘娘得糊九顶轿子，红马黄马各一匹，九份凤冠霞帔，还得预备痘哥哥痘姐姐们的袍带靴帽，和各样执事。如今，医院都施种牛痘，娘娘们无事可作，裱糊匠也就陪着她们闲起来了。此外还有许许多多的"还愿"的事，都要糊点什么东西，可是也都随着破除迷信没人再提了。年头真是变了啊！

除了伺候神与鬼外，我们这行自然也为活人作些事。这叫作"白活"，就是给人家糊顶棚。早年间没有洋房，每遇到搬家，娶媳妇，或别项喜事，总要把房间糊得四白落地，好显出焕然一新的气象。那大富之家，连春秋两季糊窗子也雇用我们。人是一天穷似一天了，搬家不一定糊棚顶，而那些有钱的呢，房子改为洋式的，棚顶抹灰，一劳永逸；窗子改成玻璃的，也用不着再糊上纸或纱。什么都是洋式好，耍手艺的可就没了饭吃。我们自己也不是不努力呀，洋车时兴，我们就照样糊洋车；汽车时兴，我们就糊汽车，我们知道改良。可是有几家死了人来糊一辆洋车或汽车呢？年头一旦大改良起来，我们的小改良全算白饶，水大漫不过鸭子去，有什么法儿呢！

二

上面交代过了：我若是始终仗着那份儿手艺吃饭，恐怕就早已饿死了。不过，这点本事虽不能永远有用，可是三年的学艺并非没有很大的好处，这点好处教我一辈子享用不尽。我可以撂下家伙，干别的营生去；这点好处可是老跟着我。就是我死后，有人谈到我的为人如何，他们也必须要记得我少年曾学过三年徒。

学徒的意思是一半学手艺，一半学规矩。在初到铺子去的时候，不论是谁也得害怕，铺中的规矩就是委屈。当徒弟的得晚睡早起，得听一切的指挥与使遣，得低三下四的伺候人，饥寒劳苦都得高高兴兴的受着，有眼泪往肚子里咽。象我学艺的所在，铺子也就是掌柜的家；受了师傅的，还得受师母的，夹板儿气！能挺过这么三年，顶倔强的人也得软了，顶软和的人也得硬了；我简直的可以这么说，一个学徒的脾性不是天生带来的，而是被板子打出来的；象打铁一样，要打什么东西便成什么东西。

在当时正挨打受气的那一会儿，我真想去寻死，那种气简直不是人所受得住的！但是，现在想起来，这种规矩与调教实在值金子。受过这种排练，天下便没有什么受不了的事啦。随便提一样吧，比方说教我去当兵，好哇，我可以作个满好的兵。军队的操演有时有会儿，而学徒们是除了睡觉没有任何休息时间的。我抓着工夫去出恭，一边蹲着一边就能打个盹儿，因为遇上赶夜活的时候，我一天一夜只能睡上三四点钟的觉。我能一口吞下去一顿饭，刚端起饭碗，不是师傅喊，就是师娘叫，要不然便是有照顾主儿来定活，我得恭而敬之的招待，并且细心听着师傅怎样论活讨价钱。不把饭整吞下去怎办呢？这种排练教我遇到什么苦处都能硬挺，外带着还是挺和气。读书的人，据我这粗人看，永远不会懂得这个。现在的洋学堂里开运动会，学生跑上两个圈就仿佛有了汗马功劳一般，喝！又是揣着，又是抱着，往大腿上拍火酒，还闹脾气，还坐汽车！这样的公子哥儿哪懂得什么叫作规矩，哪叫排练呢？话往回来说，我所受的苦处给我打下了作事任劳任怨的底子，我永远不肯闲着，作起活来永不晓得闹脾气，要别扭，我能和大兵们一样受苦，而大兵们不能象我这么和气。

再拿件实事来证明这个吧：在我学成出师以后，我和别的要手艺的一样，为表明自己是凭本事挣钱的人，第一我先买了根烟袋，只要一闲着便捻上一袋吧唧着，仿佛很有身份，慢慢的，我又学了喝酒，时常弄两盅猫尿咂着嘴儿抿几口。嗜好就怕开了头，会了一样就不难学第二样，反正都是个玩艺吧咧。这可也就出了毛病。我爱烟爱酒，原本不算什么稀奇的事，大家伙儿都差不多是这样。可是，我一来二去的学会了吃大烟。那个年月，鸦片烟不犯私，非常的便宜；我先是吸着玩，后来可就上了瘾。不久，我便觉出手紧来了，作事也不似先前那么上劲了。我并没等谁劝告我，不但戒了大烟，而且把旱烟袋也撅了，从此烟酒不动！我入了"理门"。入理门，烟酒都不准动；一旦破戒，必走背运。所以我不但戒了嗜好，而且入了理门；背运在那儿等着我，我怎肯再犯戒呢？这点心胸与硬气，如今想起来，还是由学徒得来的。多大的苦处我都能忍受。初一戒烟戒酒，看着别人吸，别人饮，多么难过呢！心里真象有一千条小虫爬挠那么痒痒触触的难过。但是我不能破戒，怕走背运。其实背运不背运的，都是日后的事，眼前的罪过可是不好受呀！硬挺，只有硬挺才能成功，怕走背运还在其次。我居然挺过来了，因为我学过徒，受过排练呀！

提到我的手艺来，我也觉得学徒三年的光阴并没白费了。凡是一门手艺，都得随时改良，方法是死的，运用可是活的。三十年前的瓦匠，讲究会磨砖对缝，作细工儿活；现在，他得会用洋灰和包镶人造石什么的。三十年前的木匠，讲究会雕花刻木，现在得会造洋式木器。我们这行也如此，不过比别的行业更活动。我们这行讲究看见什么就能糊什么。比方说，人家落了丧事，教我们糊一桌全席，我们就能糊出鸡鸭鱼肉来。赶上人家死了未出阁的姑娘，教我们糊一全份嫁妆，不管是四十八抬，还是三十二抬，我们便能由粉罐油瓶一直糊到衣橱穿衣镜。眼睛一看，手就能模仿下来，这是我们的本事。我们的本事不大，可是得有点聪明，一个心窟窿的人绝不会成个好裱糊匠。

这样，我们作活，一边工作也一边游戏，仿佛是。我们的成败全仗着怎么把各色的纸调动的合适，这是要心路的事儿。以我自己说，我有点小聪明。在学徒时候所挨的打，很少是为学不上活来，而多半是因为我有聪明而好调皮不听话。我的聪明也许一点也显露不出来，假若我是去学打铁，或是拉大锯——老那么打，老那么拉，一点变动没有。幸而我学了裱糊匠，把基本的技能学会了以后，我便开始自出花样，怎么灵巧逼真我怎么作。有时候我白费了许多工夫与材料，而作不出我所想到的东西，可是这更教我加紧的去揣摸，去调动，非把它作成下可。这个，真是个好习惯。有聪明，而且知道用聪明，我必须感谢这三年的学徒，在这三年养成了我会用自己的聪明的习惯。诚然，我一辈子没作过大事，但是无论什么事，只要是平常人能作的，我一瞧就能明白个五六成。我会砌墙，栽树，修理钟表，看皮货的真假，合婚择日，知道五行八作的行话上诀窍……这些，我都没学过，只凭我的眼去看，我的手去试验；我有勤苦耐劳与多看多学的习惯；这个习惯是在冥衣铺学徒三年养成的。到如今我才明白过来——我已是快饿死的人了！——假若我多读上几年书，只抱着书本死啃，象那些秀才与学堂毕业的人们那样，我也许一辈子就糊糊涂涂的下去，而什么也不晓得呢！裱糊的手艺没有给我带来官职和财产，可是它让我活的很有趣；穷，但是有趣，有点人味儿。

刚二十多岁，我就成为亲友中的重要人物了。不因为我有钱与身份，而是因为我办事细心，不辞劳苦。自从出了师，我每天在街口的茶馆里等着同行的来约请帮忙。我成了街面上的人，年轻，利落，懂得场面。有人来约，我便去作活；没人来约，我也闲不住：亲友家许许多多的事都托咐我给办，我甚至于刚结过婚便给别人家作媒了。

给别人帮忙就等于消遣。我需要一些消遣。为什么呢？前面我已说过：我们这行有两种活，烧活和白活。作烧活是有趣而干净的，白活可就不然了。糊顶棚自然得先把旧纸撕下来，这可真够受的，没作过的人万也想不到顶棚上会能有那么多尘土，而且是日积月累攒下来的，比什么土都干，细，钻鼻子，撕完三间屋子的棚，我们就都成了土鬼。及至扎好了秫秸，糊新纸的时候，新银花纸的面子是又臭又挂鼻子。尘土与纸面子就能教人得痨病——现在叫作肺病。我不喜欢这种活儿。可是，在街上等工作，有人来约就不能拒绝，有什么活得干什么活。应下这种活儿，我差不多老在下边裁纸递纸抹糊糊，为的是可以不必上"交手"，而且可以低着头干活儿，少吃点土。就是这样，我也得弄一身灰，我的鼻子也得象烟筒。作完这么几天活，我愿意作点别的，变换变换。那么，有亲友托我办点什么，我是很乐意帮忙的。

再说呢，作烧活吧，作白活吧，这种工作老与人们的喜事或丧事有关系。熟人们找我定活，也往往就手儿托我去讲别项的事，如婚丧事的搭棚，讲执事，雇厨子，定车马等等。我在这些事儿中渐渐找出乐趣，晓得如何能捏住巧处，给亲友们既办得漂亮，又省些钱，不能窝窝囊囊的被人捉了"大头"。我在办这些事儿的时候，得到许多经验，明白了许多人情，久而久之，我成了个很精明的人，虽然还不到三十岁。

三

由前面所说过的去推测，谁也能看出来，我不能老靠着裱糊的手艺挣饭吃。象逛庙会忽然遇上雨似的，年头一变，大家就得往四散里跑。在我这一辈子里，我仿佛是走着下坡路，收不住脚。心里越盼着天下太平，身子越往下出溜。这次的变动，不使人缓气，一变好象就要变到底。这简直不是变动，而是一阵狂风，把人糊糊涂涂的刮得不知上哪里去了。在我小时候发财的行当与事情，许多许多都忽然走到绝处，永远不再见面，仿佛掉在了大海里头似的。裱糊这一行虽然到如今还阴死巴活的始终没完全断了气，可是大概也不会再有抬头的一日了。我老早就看出这个来。在那太平的年月，假若我愿意的话，我满可以开个小铺，收两个徒弟，安安顿顿的混两顿饭吃。幸而我没那么办。一年得不到一笔大活，只仗着糊一辆车或两间屋子的顶棚什么的，怎能吃饭呢？睁开眼看看，这十几年了，可有过一笔体面的活？我得改行，我算是猜对了。

不过，这还不是我忽然改了行的唯一的原因。年头儿的改变不是个人所能抵抗的，胳臂扭不过大腿去，跟年头儿叫死劲简直是自己找别扭。可是，个人独有的事往往来得更厉害，它能马上教人疯了。去投河觅井都不算新奇，不用说把自己的行业放下，而去干些别的了。个人的事虽然很小，可是一加在个人身上便受不住；一个米粒很小，教蚂蚁去搬运便很费力气。个人的事也是如此。人活着是仗了一口气，多嗞有点事儿，把这些气憋住，人就要抽风。人是多么小的玩艺儿呢！

我的精明与和气给我带来背运。乍一听这句话仿佛是不合情理，可是千真万确，一点儿不假，假若这要不落在我自己身上，我也许不大相信天下会有这宗事。它竟自找到了我；在当时，我差不多真成了个疯子。隔了这么二三十年，现在想起那回事儿来，我满可以微微一笑，仿佛想起一个故事来似的。现在我明白了个人的好处不必一定就有利于自己。一个人好，大家都好，这点好处才有用，正是如鱼得水。一个人好，而大家并不都好，个人的好处也许就是让他倒霉的祸根。精明和气有什么用呢！现在，我悟过这点理儿来，想起那件事不过点点头，笑一笑罢了。在当时，我可真有点咽不下去那口气。那时候我还很年轻啊。

哪个年轻的人不爱漂亮呢？在我年轻的时候，给人家行人情或办点事，我的打扮与气派谁也不敢说我是个手艺人。在早年间，皮货很贵，而且不准乱穿。如今晚的人，今天得了马票或奖券，明天就可以穿上狐皮大衣，不管是个十五岁的孩子还是二十岁还没刮过脸的小伙子。早年间可不行，年纪身份决定个人的服装打扮。那年月，在马褂或坎肩上安上一条灰鼠领子就仿佛是很漂亮阔气。我老安着这么条领子，马褂与坎肩都是青大缎的——那时候的缎子也不怎么那样结实，一件马褂至少也可以穿上十来年。在给人家糊棚顶的时候，我是个土鬼；回到家中一梳洗打扮，我立刻变成个漂亮小伙子。我不喜欢那个土鬼，所以更爱这个漂亮的青年。我的辫子又黑又长，脑门剃得锃光青亮，穿上带灰鼠领子的缎子坎肩，我的确象个"人儿"！

一个漂亮小伙子所最怕的恐怕就是娶个丑八怪似的老婆吧。我早已有意无意的向老人们透了个口话：不娶倒没什么，要娶就得来个够样儿的。那时候，自然还不时兴自由婚，可是已有男女两造对相对看的办法。要结婚的话，我得自己去相看，不能马马虎虎就凭媒人的花言巧语。

二十岁那年，我结了婚，我的妻比我小一岁。把她放在哪里，她也得算个俏式利落的小媳妇；在定婚以前，我亲眼相看的呀。她美不美，我不敢说，我说她俏式利落，因为这四个字就是我择妻的标准；她要是不够这四个字的格儿，当初我决不会点头。在这四个字里很可以见出我自己是怎样的人来。那时候，我年轻，漂亮，作事麻利，所以我一定不能要个笨牛似的老婆。

这个婚姻不能说不是天配良缘。我俩都年轻，都利落，都个子不高；在亲友面前，我们象一对轻巧的陀螺似的，四面八方的转动，招得那年岁大些的人们眼中要笑出一朵花来。我俩竞争着去在大家面前显出个人的机警与口才，到处争强好胜，只为教人夸奖一声我们是一对最有出息的小夫妇。别人的夸奖增高了我俩彼此间的敬爱，颇有点英雄惜英雄，好汉爱好汉的劲儿。

我很快乐，说实话：我的老人没挣下什么财产，可是有一所儿房。我住着不用花租金的房子，院中有不少的树木，檐前挂着一对黄鸟。我呢，有手艺，有人缘，有个可心的年轻女人。不快乐不是自找别扭吗？

对于我的妻，我简直找不出什么毛病来。不错，有时候我觉得她有点太野；可是哪个利落的小媳妇不爽快呢？她爱说话，因为她会说；她不大躲避男人，因为这正是作媳妇所应享的利益，特别是刚出嫁而有些本事的小媳妇，她自然愿意把作姑娘时的腼腆收起一些，而大大方方的自居为"媳妇"。这点实在不能算作毛病。况且，她见了长辈又是那么亲热体贴，殷勤的伺候，那么她对年轻一点的人随便一些也正是理之当然；她是爽快大方，所以对于年老的正象对于年少的，都愿表示出亲热周到来。我没因为她爽快而责备她过。

她有了孕，作了母亲，她更好看了，也更大方了——我简直的不忍再用那个"野"字！世界上还有比怀孕的少妇更可怜，年轻的母亲更可爱的吗？看她坐在门坎上，露着点胸，给小娃娃奶吃，我只能更爱她，而想不起责备她太不规矩。

到了二十四岁，我已有一儿一女。对于生儿养女，作丈夫的有什么功劳呢！赶上高兴，男子把娃娃抱起来，耍巴一回；其余的苦处全是女人的。我不是个糊涂人，不必等谁告诉我才能明白这个。真的，生小孩，养育小孩，男人有时候想去帮忙也归无用；不过，一个懂得点人事的人，自然该使作妻的痛快一些，自由一些；欺侮孕妇或一个年轻的母亲，据我看，才真是混蛋呢！对于我的妻，自从有了小孩之后，我更放任些；我认为这是当然的合理的。

再一说呢，夫妇是树，儿女是花；有了花的树才能显出根儿深。一切猜忌，不放心，都应该减少，或者完全消灭；小孩子会把母亲拴得结结实实的。所以，即使我觉得她有点野——真不愿用这个臭字——我也不能不放心了，她是个母亲呀。

四

直到如今，我还是不能明白那到底是怎么一回事。

我所不能明白的事也就是当时教我差点儿疯了的事，我的妻跟人家跑了。

我再说一遍，到如今我还不能明白那到底是怎回事。我不是个固执的人，因为我久在街面上，懂得人情，知道怎样找出自己的长处与短处。但是，对于这件事，我把自己的短处都找遍了，也找不出应当受这种耻辱与惩罚的地方来。所以，我只能说我的聪明与和气给我带来祸患，因为我实在找不出别的道理来。

我有位师哥，这位师哥也就是我的仇人。街口上，人们都管他叫作黑子，我也就还这么叫他吧；不便道出他的真名实姓来，虽然他是我的仇人。"黑子"，由于他的脸不白；不但不白，而且黑得特别，所以才有这个外号。他的脸真象个早年间人们揉的铁球，黑，可是非常的亮；黑，可是光润；黑，可是油光水滑的可爱。当他喝下两盅酒，或发热的时候，脸上红起来，就好象落太阳时的一些黑云，黑里透出一些红光。至于他的五官，简直没有什么好看的地方，我比他漂亮多了。他的身量很高，可也不见得怎么魁梧，高大而懈懈松松的。他所以不至教人讨厌他，总而言之，都仗着那一张发亮的黑脸。

我跟他是很好的朋友。他既是我的师哥，又那么傻太黑粗的，即使我不喜爱他，我也不能无缘无故的怀疑他。我的那点聪明不是给我预备着去猜疑人的；反之，我知道我的眼睛里不容砂子，所以我因信任自己而信任别人。我以为我的朋友都不至于偷偷的对我掏坏招数。一旦我认定谁是个可交的人，我便真拿他当个朋友看待。对于我这个师哥，即使他有可猜疑的地方，我也得敬重他，招待他，因为无论怎样，他到底是我的师哥呀。同是一门儿学出来的手艺，又同在一个街口上混饭吃，有活没活，一天至少也得见几面；对这么熟的人，我怎能不拿他当作个好朋友呢？有活，我们一同去作活；没活，他总是到我家来吃饭喝茶，有时候也摸几把索儿胡玩——那时候"麻将"还不十分时兴。我和蔼，他也不客气；遇到什么就吃什么，遇到什么就喝什么，我一向不特别为他预备什么，他也永远不挑剔。他吃的很多，可是不懂得挑食。看他端着大碗，跟着我们吃热汤儿面什么的，真是个痛快的事。他吃得四脖子汗流，嘴里西啦胡噜的响，脸上越来越红，慢慢的成了个半红的大煤球似的；谁能说这样的人能存着什么坏心眼儿呢！

　　一来二去，我由大家的眼神看出来天下并不很太平。可是，我并没有怎么往心里搁这回事。假若我是个糊涂人，只有一个心眼，大概对这种事不会不听见风就是雨，马上闹个天昏地暗，也许立刻把事情弄个水落石出，也许是望风捕影而弄一鼻子灰。我的心眼多，决不肯这么糊涂瞎闹，我得平心静气的想一想。

　　先想我自己，想不出我有什么不对的地方来，即使我有许多毛病，反正至少我比师哥漂亮，聪明，更象个人儿。

　　再看师哥吧，他的长相，行为，财力，都不能教他为非作歹，他不是那种一见面就教女人动心的人。

　　最后，我详详细细的为我的年轻的妻子想一想：她跟了我已经四五年，我俩在一处不算不快乐。即使她的快乐是假装的，而愿意去跟个她真喜爱的人——这在早年间几乎是不能有的——大概黑子也绝不会是这个人吧？他跟我都是手艺人，他的身份一点不比我高。同样，他不比我阔，不比我漂亮，不比我年轻；那么，她贪图的是什么呢？想不出。就满打说她是受了他的引诱而迷了心，可是他用什么引诱她呢，是那张黑脸，那点本事，那身衣裳，腰里那几吊钱？笑话！哼，我要是有意的话吗，我倒满可以去引诱引诱女人；虽然钱不多，至少我有个样子。黑子有什么呢？再说，就是说她一时迷了心窍，分别不出好歹来，难道她就肯舍得那两个小孩吗？

我不能信大家的话，不能立时疏远了黑子，也不能傻子似的去盘问她。我全想过了，一点缝子没有，我只能慢慢的等着大家明白过来他们是多虑。即使他们不是凭空造谣，我也得慢慢的察看，不能无缘无故的把自己，把朋友，把妻子，都卷在黑土里边。有点聪明的人作事不能鲁莽。

可是，不久，黑子和我的妻子都不见了。直到如今，我没再见过他俩。为什么她肯这么办呢？我非见着她，由她自己吐出实话，我不会明白。我自己的思想永远不够对付这件事的。

我真盼望能再见她一面，专为明白明白这件事。到如今我还是在个葫芦里。

当时我怎样难过，用不着我自己细说。谁也能想到，一个年

轻漂亮的人，守着两个没了妈的小孩，在家里是怎样的难过；一
个聪明规矩的人，最亲爱的妻子跟师哥跑了，在街面上是怎么难
堪。同情我的人，有话说不出，不认识我的人，听到这件事，总
不会责备我的师哥，而一直的管我叫"王八"。在咱们这讲孝悌
忠信的社会里，人们很喜欢有个王八，好教大家有放手指头的准
头。我的口闭上，我的牙咬住，我心中只有他们俩的影儿和一片
血。不用教我见着他们，见着就是一刀，别的无须乎再说了。

　　在当时，我只想拼上这条命，才觉得有点人味儿。现在，事
情过去这么多年了。我可以细细的想这件事在我这一辈子里的作
用了。

　　我的嘴并没闲着，到处我打听黑子的消息。没用，他俩真象
石沉大海一般，打听不着确实的消息，慢慢的我的怒气消散了一
些；说也奇怪，怒气一消，我反倒可怜我的妻子。黑子不过是个
手艺人，而这种手艺只能在京津一带大城里找到饭吃，乡间是不
需要讲究的烧活的。那么，假若他俩是逃到远处去，他拿什么养
活她呢？哼，假若他肯偷好朋友的妻子，难道他就不会把她卖掉
吗？这个恐惧时常在我心中绕来绕去。我真希望她忽然逃回来，
告诉我她怎样上了当，受了苦处；假若她真跪在我的面前，我想
我不会不收下她的，一个心爱的女人，永远是心爱的，不管她作
了什么错事。她没有回来，没有消息，我恨她一会儿，又可怜她

一会儿，胡思乱想，我有时候整夜的不能睡。

过了一年多，我的这种乱想又轻淡了许多。是的，我这一辈子也不能忘了她，可是我不再为她思索什么了。我承认了这是一段千真万确的事实，不必为它多费心思了。

我到底怎样了呢？这倒是我所要说的，因为这件我永远猜不透的事在我这一辈子里实在是件极大的事。这件事好象是在梦中丢失了我最亲爱的人，一睁眼，她真的跑得无影无踪了。这个梦没法儿明白，可是它的真确劲儿是谁也受不了的。作过这么个梦的人，就是没有成疯子，也得大大的改变；他是丢失了半个命呀！

五

最初，我连屋门也不肯出，我怕见那个又明又暖的太阳。

顶难堪的是头一次上街：抬着头大大方方的走吧，准有人说我天生来的不知羞耻。低着头走，便是自己招认了脊背发软。怎么着也不对。我可是问心无愧，没作过一点对不起人的事。

我破了戒，又吸烟喝酒了。什么背运不背运的，有什么再比丢了老婆更倒霉的呢？我不求人家可怜我，也犯不上成心对谁耍刺儿，我独自吸烟喝酒，把委屈放在心里好了。再没有比不测的祸患更能扫除了迷信的；以前，我对什么神仙都不敢得罪；现在，我什么也不信，连活佛也不信了。迷信，我咂摸出来，是盼望得点意外的好处；赶到遇上意外的难处，你就什么也不盼望，自然也不迷信了。我把财神和灶王的龛——我亲手糊的——都烧了。亲友中很有些人说我成了二毛子的。什么二毛子三毛子的，我再不给谁磕头。人若是不可靠，神仙就更没准儿了。

我并没变成忧郁的人。这种事本来是可以把人愁死的，可是我没往死牛犄角里钻。我原是个活泼的人，好吧，我要打算活下去，就得别丢了我的活泼劲儿。不错，意外的大祸往往能忽然把一个人的习惯与脾气改变了；可是我决定要保持住我的活泼。我吸烟，喝酒，不再信神佛，不过都是些使我活泼的方法。不管我是真乐还是假乐，我乐！在我学艺的时候，我就会这一招，经过这次的变动，我更必须这样了。现在，我已快饿死了，我还是笑着，连我自己也说不清这是真的还是假的笑，反正我笑，多喀死了多喀我并上嘴。从那件事发生了以后，直到如今，我始终还是个有用的人，热心的人，可是我心中有了个空儿。这个空儿是那件不幸的事给我留下的，象墙上中了枪弹，老有个小窟窿似的。我有用，我热心，我爱给人家帮忙，但是不幸而事情没办到好处，或者想不到的扎手，我不着急，也不动气，因为我心中有个空儿。这个空儿会教我在极热心的时候冷静，极欢喜的时候有点悲哀，我的笑常常和泪碰在一处，而分不清哪个是哪个。

　　这些，都是我心里头的变动，我自己要是不说——自然连我自己也说不大完全——大概别人无从猜到。在我的生活上，也有了变动，这是人人能看到的。我改了行，不再当裱糊匠，我没脸再上街口去等生意，同行的人，认识我的，也必认识黑子；他们只须多看我几眼，我就没法再咽下饭去。在那报纸还不大时行的年月，人们的眼睛是比新闻还要厉害的。现在，离婚都可以上衙门去明说明讲，早年间男女的事儿可不能这么随便。我把同行中的朋友全放下了，连我的师傅师母都懒得去看，我仿佛是要由这个世界一脚跳到另一个世界去。这样，我觉得我才能独自把那桩事关在心里头。年头的改变教裱糊匠们的活路越来越狭，但是要不是那回事，我也不会改行改得这么快，这么干脆。放弃了手艺，没什么可惜；可是这么放弃了手艺，我也不会感谢"那"回事儿！不管怎说吧，我改了行，这是个显然的变动。

　　决定扔下手艺可不就是我准知道应该干什么去。我得去乱碰，象一支空船浮在水面上，浪头是它的指南针。在前面我已经说过，我认识字，还能抄抄写写，很够当个小差事的。再说呢，当差是个体面的事，我这丢了老婆的人若能当上差，不用说那必能把我的名誉恢复了一些。现在想起来，这个想法真有点可笑；在当时我可是诚心的相信这是最高明的办法。"八"字还没有一撇儿，我觉得很高兴，仿佛我已经很有把握，既得到差事，又能恢复了名誉。我的头又抬得很高了。

哼！手艺是三年可以学成的；差事，也许要三十年才能得上吧！一个钉子跟着一个钉子，都预备着给我碰呢！我说我识字，哼！敢情有好些个能整本背书的人还挨饿呢。我说我会写字，敢情会写字的绝不算出奇呢。我把自己看得太高了。可是，我又亲眼看见，那作着很大的官儿的，一天到晚山珍海味的吃着，连自己的姓都不大认得。那么，是不是我的学问又太大了，而超过了作官所需要的呢？我这个聪明人也没法儿不显着糊涂了。

慢慢的，我明白过来。原来差事不是给本事预备着的，想做官第一得有人。这简直没了我的事，不管我有多么大的本事。我自己是个手艺人，所认识的也是手艺人；我爸爸呢，又是个白丁，虽然是很有本事与品行的白丁。我上哪里去找差事当呢？

事情要是逼着一个人走上哪条道儿，他就非去不可，就象火车一样，轨道已摆好，照着走就是了，一出花样准得翻车！我也是如此。决定扔下了手艺，而得不到个差事，我又不能老这么闲着。好啦，我的面前已摆好了铁轨，只准上前，不许退后。

我当了巡警。

巡警和洋车是大城里头给苦人们安好的两条火车道。大字不识而什么手艺也没有的，只好去拉车。拉车不用什么本钱，肯出汗就能吃窝窝头。识几个字而好体面的，有手艺而挣不上饭的，只好去当巡警；别的先不提，挑巡警用不着多大的人情，而且一挑上先有身制服穿着，六块钱拿着；好歹是个差事。除了这条道，我简直无路可走。我既没混到必须拉车去的地步，又没有作高官的舅舅或姐丈，巡警正好不高不低，只要我肯，就能穿上一身铜钮子的制服。当兵比当巡警有起色，即使熬不上军官，至少能有抢劫些东西的机会。可是，我不能去当兵，我家中还有俩没娘的小孩呀。当兵要野，当巡警要文明；换句话说，当兵有发邪财的机会，当巡警是穷而文明一辈子；穷得要命，文明得稀松！

　　以后这五六十年的经验，我敢说这么一句：真会办事的人，到时候才说话，爱张罗办事的人——象我自己——没话也找话说。我的嘴老不肯闲着，对什么事我都有一片说词，对什么人我都想很恰当的给起个外号。我受了报应：第一件事，我丢了老婆，把我的嘴封起来一二年！第二件是我当了巡警。在我还没当上这个差事的时候，我管巡警们叫作"马路行走"，"避风阁大学士"和"臭脚巡"。这些无非都是说巡警们的差事只是站马路，无事忙，跑臭脚。哼！我自己当上"臭脚巡"了！生命简直就是自己和自己开玩笑，一点不假！我自己打了自己的嘴巴，可并不因为我作了什么缺德的事；至多也不过爱多说几句玩笑话罢了。在这里，我认识了生命的严肃，连句玩笑话都说不得的！好在，我心中有个空儿；我怎么叫别人"臭脚巡"，也照样叫自己。这在早年间叫作"抹稀泥"，现在的新名词应叫着什么，我还没能打听出来。

　　我没法不去当巡警，可是真觉得有点委屈。是呀，我没有什么出众的本事，但是论街面上的事，我敢说我比谁知道的也不少。巡警不是管街面上的事情吗？那么，请看看那些警官儿吧：有的连本地的话都说不上来，二加二是四还是五都得想半天。哼！他是官，我可是"招募警"；他的一双皮鞋够开我半年的饷！他什么经验与本事也没有，可是他作官。这样的官儿多了去啦！上哪儿讲理去呢？记得有位教官，头一天教我们操法的时候，忘了叫"立正"，而叫了"闸住"。用不着打听，这位大爷一定是拉洋车出身。有人情就行，今天你拉车，明天你姑父作了什么官儿，你就可以弄个教官当当；叫"闸住"也没关系，谁敢笑教官一声呢！这样的自然是不多，可是有这么一位教官，也就可以教人想到巡警的操法是怎么稀松二五眼了。内堂的功课自然绝不是这样教官所能担任的，因为至少得认识些个字才能"虎"得下来。我们的内堂的教官大概可以分为两种：一种是老人儿们，多数都有口鸦片烟瘾；他们要是能讲明白一样东西，就凭他们那点人情，大概早就作上大官儿了；唯其什么也讲不明白，所以才来作教官。另一种是年轻的小伙子们，讲的都是洋事，什么东洋巡警怎样，什么法国违警律如何，仿佛我们都是洋鬼子。

这种讲法有个好处，就是他们信口开河瞎扯，我们一边打盹一边听着，谁也不准知道东洋和法国是什么样儿，可不就随他的便说吧。我满可以编一套美国的事讲给大家听，可惜我不是教官罢了。这群年轻的小人们真懂外国事儿不懂，无从知道；反正我准知道他们一点中国事儿也不晓得。这两种教官的年纪上学问上都不同，可是他们有个相同的地方，就是他们都高不成低不就，所以对对付付的只能作教官。他们的人情真不小，可是本事太差，所以来教一群为六块洋钱而一声不敢出的巡警就最合适。

教官如此，别的警官也差不多是这样。想想：谁要是能去作一任知县或税局局长，谁肯来作警官呢？前面我已交代过了，当巡警是高不成低不就，不得已而为之。警官也是这样。这群人由上至下全是"狗熊耍扁担，混碗儿饭吃"。不过呢，巡警一天到晚在街面上，不论怎样抹稀泥，多少得能说会道，见机而作，把大事化小，小事化无；既不多给官面上惹麻烦，又让大家都过得去；真的吧假的吧，这总得算点本事。而作警官的呢，就连这点本事似乎也不必有。阎王好作，小鬼难当，诚然！

六

我再多说几句，或者就没人再说我太狂傲无知了。我说我觉得委屈，真是实话；请看吧：一月挣六块钱，这跟当仆人的一样，而没有仆人们那些"外找儿"；死挣六块钱，就凭这么个大人——腰板挺直，样子漂亮，年轻力壮，能说会道，还得识文断字！这一大堆资格，一共值六块钱！

六块钱饷粮，扣去三块半钱的伙食，还得扣去什么人情公议儿，净剩也就是两块上下钱吧。衣服自然是可以穿官发的，可是到休息的时候，谁肯还穿着制服回家呢；那么，不作不作也得有件大褂什么的。要是把钱作了大褂，一个月就算白混。再说，谁没有家呢？父母——呕，先别提父母吧！就说一夫一妻吧：至少得赁一间房，得有老婆的吃，喝，穿。就凭那两块大洋！谁也不许生病，不许生小孩，不许吸烟，不许吃点零碎东西；连这么着，月月还不够嚼谷！

我就不明白为什么肯有人把姑娘嫁给当巡警的，虽然我常给同事的做媒。当我一到女家提说的时候，人家总对我一撇嘴，虽不明说，但是意思很明显，"哼！当巡警的！"可是我不怕这一撇嘴，因为十回倒有九回是撇完嘴而点了头。难道是世界上的姑娘太多了吗？我不知道。

由哪面儿看，巡警都活该是鼓着腮帮子充胖子而教人哭不得笑不得的。穿起制服来，干净利落，又体面又威风，车马行人，打架吵嘴，都由他管着。他这是差事；可是他一月除了吃饭，净剩两块来钱。他自己也知道中气不足，可是不能不硬挺着腰板，到时候他得娶妻生子，还是仗着那两块来钱。提婚的时候，头一句是说："小人呀当差！"当差的底下还有什么呢？没人愿意细问，一问就糟到底。

是的，巡警们都知道自己怎样的委屈，可是风里雨里他得去巡街下夜，一点懒儿不敢偷；一偷懒就有被开除的危险；他委屈，可不敢抱怨，他劳苦，可不敢偷闲，他知道自己在这里混不出来什么，而不敢冒险搁下差事。这点差事扔了可惜，作着又没劲；这些人也就人儿似的先混过一天是一天，在没劲中要露出劲儿来，象打太极拳似的。

世上为什么应当有这种差事，和为什么有这样多肯作这种差事的人？我想不出来。假若下辈子我再托生为人，而且忘了喝迷魂汤，还记得这一辈子的事，我必定要扯着脖子去喊：这玩艺儿整个的是丢人，是欺骗，是杀人不流血！现在，我老了，快饿死了，连喊这么几句也顾不及了，我还得先为下顿的窝窝头着忙呀！

自然在我初当差的时候，我并没有一下子就把这些都看清楚了，谁也没有那么聪明。反之，一上手当差我倒觉出点高兴来：穿上整齐的制服，靴帽，的确我是漂亮精神，而且心里说：好吧歹吧，这是个差事；凭我的聪明与本事，不久我必有个升腾。我很留神看巡长巡官们制服上的铜星与金道，而想象着我将来也能那样。我一点也没想到那铜星与金道并不按着聪明与本事颁给人们呀。

新鲜劲儿刚一过去，我已经讨厌那身制服了。它不教任何人尊敬，而只能告诉人："臭脚巡"来了！拿制服的本身说，它也很讨厌：夏天它就象牛皮似的，把人闷得满身臭汗；冬天呢，它一点也不象牛皮了，而倒象是纸糊的；它不许谁在里边多穿一点衣服，只好任着狂风由胸口钻进来，由脊背钻出去，整打个穿堂！再看那双皮鞋，冬冷夏热，永远不教脚舒服一会儿；穿单袜的时候，它好象是两大篓子似的，脚指脚踵都在里边乱抓弄，而始终找不到鞋在哪里；到穿棉袜的时候，它们忽然变得很紧，不许棉袜与脚一齐伸进去。有多少人因包办制服皮鞋而发了财，我不知道，我只知道我的脚永远烂着，夏天闹湿气，冬天闹冻疮。自然，烂脚也得照常的去巡街站岗，要不然就别挣那六块洋钱！多么热，或多么冷，别人都可以找地方去躲一躲，连洋车夫都可以自由的歇半天，巡警得去巡街，得去站岗，热死冻死都活该，那六块现大洋买着你的命呢！

记得在哪儿看见过这么一句：食不饱，力不足。不管这句在原地方讲的是什么吧，反正拿来形容巡警是没有多大错儿的。最可怜，又可笑的是我们既吃不饱，还得挺着劲儿，站在街上得象个样子！要饭的花子有时不饿也弯着腰，假充饿了三天三夜；反之，巡警却不饱也得鼓起肚皮，假装刚吃完三大碗鸡丝面似的。花子装饿倒有点道理，我可就是想不出巡警假装酒足饭饱有什么理由来，我只觉得这真可笑。

人们都不满意巡警的对付事，抹稀泥。哼！抹稀泥自有它的理由。不过，在细说这个道理之前，我愿先说件极可怕的事。有了这件可怕的事，我再反回头来细说那些理由，仿佛就更顺当，更生动。好！就这样办啦。

七

应当有月亮，可是教黑云给遮住了，处处都很黑。我正在个僻静的地方巡夜。我的鞋上钉着铁掌，那时候每个巡警又须带着一把东洋刀，四下里鸦雀无声，听着我自己的铁掌与佩刀的声响，我感到寂寞无聊，而且几乎有点害怕。眼前忽然跑过一只猫，或忽然听见一声鸟叫，都教我觉得不是味儿，勉强着挺起胸来，可是心中总空空虚虚的，仿佛将有些什么不幸的事情在前面等着我。不完全是害怕，又不完全气粗胆壮，就那么怪不得劲的，手心上出了点凉汗。平日，我很有点胆量，什么看守死尸，什么独自看管一所脏房，都算不了一回事。不知为什么这一晚上我这样胆虚，心里越要耻笑自己，便越觉得不定哪里藏着点危险。我不便放快了脚步，可是心中急切的希望快回去，回到那有灯光与朋友的地方去。

忽然，我听见一排枪！我立定了，胆子反倒壮起来一点；真正的危险似乎倒可以治好了胆虚，惊疑不定才是恐惧的根源，我听着，象夜行的马竖起耳朵那样。又一排枪，又一排枪！没声了，我等着，听着，静寂得难堪。象看见闪电而等着雷声那样，我的心跳得很快。啪，啪，啪，啪，四面八方都响起来了！

我的胆气又渐渐的往下低落了。一排枪，我壮起气来；枪声太多了，真遇到危险了；我是个人，人怕死；我忽然的跑起来，跑了几步，猛的又立住，听一听，枪声越来越密，看不见什么，四下漆黑，只有枪声，不知为什么，不知在哪里，黑暗里只有我一个人，听着远处的枪响。往哪里跑？到底是什么事？应当想一想，又顾不得想；胆大也没用，没有主意就不会有胆量。还是跑吧，糊涂的乱动，总比呆立哆嗦着强。我跑，狂跑，手紧紧的握住佩刀。象受了惊的猫狗，不必想也知道往家里跑。我已忘了我是巡警，我得先回家看看我那没娘的孩子去，要是死就死在一处！

要跑到家，我得穿过好几条大街。刚到了头一条大街，我就晓得不容易再跑了。街上黑黑忽忽的人影，跑得很快，随跑随着放枪。兵！我知道那是些辫子兵。而我才刚剪了发不多日子。我很后悔我没象别人那样把头发盘起来，而是连根儿烂真正剪去了辫子。假若我能马上放下辫子来，虽然这些兵们平素很讨厌巡警，可是因为我有辫子或者不至于把枪口冲着我来。在他们眼中，没有辫子便是二毛子，该杀。我没有了这么条宝贝！我不敢再动，只能藏在黑影里，看事行事。兵们在路上跑，一队跟着一队，枪声不停。我不晓得他们是干什么呢？待了一会儿，兵们好象是都过去了，我往外探了探头，见外面没有什么动静，我就象一只夜鸟儿似的飞过了马路，到了街的另一边。在这极快的穿过马路的一会儿里，我的眼梢撩着一点红光。十字街头起了火。我还藏在黑影里，不久，火光远远的照亮了一片；再探头往外看，我已可以影影抄抄的看到十字街口，所有四面把角的铺户已全烧起来，火影中那些兵们来回的奔跑，放着枪。我明白了，这是兵变。不久，火光更多了，一处接着一处，由光亮的距离我可以断定：凡是附近的十字口与丁字街全烧了起来。

　　说句该挨嘴巴的话，火是真好看！远处，漆黑的天上，忽然一白，紧跟着又黑了。忽然又一白，猛的冒起一个红团，有一块天象烧红的铁板，红得可怕。在红光里看见了多少股黑烟，和火舌们高低不齐的往上冒，一会儿烟遮住了火苗；一会儿火苗冲破了黑烟。黑烟滚着，转着，千变万化的往上升，凝成一片，罩住下面的火光，象浓雾掩住了夕阳。待一会儿，火光明亮了一些，烟也改成灰白色儿，纯净，旺炽，火苗不多，而光亮结成一片，照明了半个天。那近处的，烟与火中带着种种的响声，烟往高处起，火往四下里奔；烟象些丑恶的黑龙，火象些乱长乱钻的红铁笋。烟裹着火，火裹着烟，卷起多高，忽然离散，黑烟里落下无数的火花，或者三五个极大的火团。火花火团落下，烟象痛快轻松了一些，翻滚着向上冒。火团下降，在半空中遇到下面的火柱，又狂喜的往上跳跃，炸出无数火花。火团远落，遇到可以燃烧的东西，整个的再点起一把新火，新烟掩住旧火，一时变为黑暗；新火冲出了黑烟，与旧火联成一气，处处是火舌，火柱，飞舞，吐动，摇摆，颠狂。忽然哗啦一声，一架房倒下去，火星，焦炭，尘土，白烟，一齐飞扬，火苗压在下面，一齐在底下往横里吐射，象千百条探头吐舌的火蛇。静寂，静寂，火蛇慢慢的，忍耐的，往上翻。绕到上边来，与高处的火接到一处，通明，纯亮，忽忽的响着，要把人的心全照亮了似的。

　　我看着，不，不但看着，我还闻着呢！在种种不同的味道里，我咂摸着：这是那个金匾黑字的绸缎庄，那是那个山西人开的油酒店。由这些味道，我认识了那些不同的火团，轻而高飞的一定是茶叶铺的，迟笨黑暗的一定是布店的。这些买卖都不是我的，可是我都认得，闻着它们火葬的气味，看着它们火团的起落，我说不上来心中怎样难过。

　　我看着，闻着，难过，我忘了自己的危险，我仿佛是个不懂事的小孩，只顾了看热闹，而忘了别的一切。我的牙打得很响，不是为自己害怕，而是对这奇惨的美丽动了心。

　　回家是没希望了。我不知道街上一共有多少兵，可是由各处的火光猜度起来，大概是热闹的街口都有他们。他们的目的是抢劫，可是顺着手儿已经烧了这么多铺户，焉知不就棍打腿的杀些人玩玩呢？我这剪了发的巡警在他们眼中还不和个臭虫一样，只须一搂枪机就完了，并不费多少事。

　　想到这个，我打算回到"区"里去，"区"离我不算远，只须再过一条街就行了。可是，连这个也太晚了。当枪声初起的时候，连贫带富，家家关了门；街上除了那些横行的兵们，简直成了个死城。及至火一起来，铺户里的人们开始在火影里奔走，胆大一些的立在街旁，看着自己的或别人的店铺燃烧，没人敢去救火，可也舍不得走开，只那么一声不出的看着火苗乱窜。胆小一些的呢，争着往胡同里藏躲，三五成群的藏在巷内，不时向街上探探头，没人出声，大家都哆嗦着。火越烧越旺了，枪声慢慢的稀少下来，胡同里的住户仿佛已猜到是怎么一回事，最先是有人开门向外望望，然后有人试着步往街上走。街上，只有火光人影，没有巡警，被兵们抢过的当铺与首饰店全大敞着门！……这样的街市教人们害怕，同时也教人们胆大起来；一条没有巡警的街正象是没有老师的学房，多么老实的孩子也要闹哄哄哄。一家开门，家家开门，街上人多起来；铺户已有被抢过的了，跟着抢吧！平日，谁能想到那些良善守法的人民会去抢劫呢？哼！机会一到，人们立刻显露了原形。说声抢，壮实的小伙子们首先进了当铺，金店，钟表行。男人们回去一趟，第二趟出来已搀夹上女人和孩子们。被兵们抢过的铺子自然不必费事，进去随便拿就是了；可是紧跟着那些尚未被抢过的铺户的门也拦不住谁了。粮食店，茶叶铺，百货店，什么东西也是好的，门板一律砸开。

我一辈子只看见了这么一回大热闹：男女老幼喊着叫着，狂跑着，拥挤着，争吵着，砸门的砸门，喊叫的喊叫，嗑喳！门板倒下去，一窝蜂似的跑进去，乱挤乱抓，压倒在地的狂号，身体利落的往柜台上蹿，全红着眼，全拼着命，全奋勇前进，挤成一团，倒成一片，散走全街。背着，抱着，扛着，曳着，象一片战胜的蚂蚁，昂首疾走，去而复归，呼妻唤子，前呼后应。

苦人当然出来了，哼！那中等人家也不甘落后呀！

贵重的东西先搬完了，煤米柴炭是第二拨。有的整坛的搬着香油，有的独自扛着两口袋面，瓶瓶罐子碎了一街，米面洒满了便道，抢啊！抢啊！抢啊！谁都恨自己只长了一双手，谁都嫌自己的腿脚太慢！有的人会推着一坛子白糖，连人带坛在地上滚，象屎壳郎推着个大粪球。

强中自有强中手，人是到处会用脑子的！有人拿出切菜刀来了，立在巷口等着："放下！"刀晃了晃。口袋或衣服，放下了；安然的，不费力的，拿回家去。"放下！"不灵验，刀下去了，把面口袋砍破，下了一阵小雷，二人滚在一团。过路的急走，稍带着说了句："打什么，有的是东西！"两位明白过来，立起来向街头跑去。抢啊，抢啊！有的是东西！

我挤在了一群买卖人的中间，藏在黑影里。我并没说什么，他们似乎很明白我的困难，大家一声不出，而紧紧的把我包围住。不要说我还是个巡警，连他们买卖人也不敢抬起头来。他们无法去保护他们的财产与货物，谁敢出头抵抗谁就是不要命，兵们有枪，人民也有切菜刀呀！是的，他们低着头，好象倒怪羞惭似的。他们唯恐和抢劫的人们——也就是他们平日的照顾主儿——对了脸，羞恼成怒，在这没有王法的时候，杀几个买卖人总不算一回事呢！所以，他们也保护着我。想想看吧，这一带的居民大概不会不认识我吧！我三天两头的到这里来巡逻。平日，他们在墙根撒尿，我都要讨他们的厌，上前干涉；他们怎能不恨恶我呢！现在大家正在兴高采烈的白拿东西，要是遇见我，他们一人给我一砖头，我也就活不成了。即使他们不认识我，反正我是穿着制服，佩着东洋刀呀！在这个局面下，冒而咕咚的出来个巡警，够多么不合适呢！我满可以上前去道歉，说我不该这么冒失，他们能白白的饶了我吗？

　　街上忽然清静了一些，便道上的人纷纷往胡同里跑，马路当中走着七零八散的兵，都走得很慢；我摘下帽子，从一个学徒的肩上往外看了一眼，看见一位兵士，手里提着一串东西，象一串儿螃蟹似的。我能想到那是一串金银的镯子。他身上还有多少东西，不晓得，不过一定有许多硬货，因为他走得很慢。多么自然，多么可羡慕呢！自自然然的，提着一串镯子，在马路中心缓缓的走，有烧亮的铺户作着巨大的火把，给他们照亮了全城！

　　兵过去了，人们又由胡同里钻出来。东西已抢得差不多了，大家开始搬铺户的门板，有的去摘门上的匾额。我在报纸上常看见"彻底"这两个字，咱们的良民们打抢的时候才真正彻底呢！

　　这时候，铺户的人们才有出头喊叫的："救火呀！救火呀！别等着烧净了呀！"喊得教人一听见就要落泪！我身旁的人们开始活动。我怎么办呢？他们要是都去救火，剩下我这一个巡警，往哪儿跑呢？我拉住了一个屠户！他脱给了我那件满是猪油的大衫。把帽子夹在夹肢窝底下。一手握着佩刀，一手揪着大襟，我擦着墙根，逃回"区"里去。

八

　　我没去抢，人家所抢的又不是我的东西，这回事简直可以说和我不相干。可是，我看见了，也就明白了。明白了什么？我不会干脆的，恰当的，用一半句话说出来；我明白了点什么意思，这点意思教我几乎改变了点脾气。丢老婆是一件永远忘不了的事，现在它有了伴儿，我也永远忘不了这次的兵变。丢老婆是我自己的事，只须记在我的心里，用不着把家事国事天下事全拉扯上。这次的变乱是多少万人的事，只要我想一想，我便想到大家，想到全城，简直的我可以用这回事去断定许多的大事，就好象报纸上那样谈论这个问题那个问题似的。对了，我找到了一句漂亮的了。这件事教我看出一点意思，由这点意思我哑摸着许多问题。不管别人听得懂这句与否，我可真觉得它不坏。

我说过了：自从我的妻潜逃之后，我心中有了个空儿。经过这回兵变，那个空儿更大了一些，松松通通的能容下许多玩艺儿。还接着说兵变的事吧！把它说完全了，你也就可以明白我心中的空儿为什么大起来了。

当我回到宿舍的时候，大家还全没睡呢。不睡是当然的，可是，大家一点也不显着着急或恐慌，吸烟的吸烟，喝茶的喝茶，就好象有红白事熬夜那样。我的狼狈的样子，不但没引起大家的同情，倒招得他们直笑。我本排着一肚子话要向大家说，一看这个样子也就不必再言语了。我想去睡，可是被排长给拦住了："别睡！待一会儿，天一亮，咱们全得出去弹压地面！"这该轮到我发笑了；街上烧抢到那个样子，并不见一个巡警，等到天亮再去弹压地面，岂不是天大的笑话！命令是命令，我只好等到天亮吧！

还没到天亮，我已经打听出来：原来高级警官们都预先知道兵变的事儿，可是不便于告诉下级警官和巡警们。这就是说，兵变是警察们管不了的事，要变就变吧；下级警官和巡警们呢，夜间糊糊涂涂的照常去巡逻站岗，是生是死随他们去！这个主意够多么活动而毒辣呢！再看巡警们呢，全和我自己一样，听见枪声就往回跑，谁也不傻。这样巡警正好对得起这样警官，自上而下全是瞎打混的当"差事"，一点不假！

虽然很要困，我可是急于想到街上去看看，夜间那一些情景还都在我的心里，我愿白天再去看一眼，好比较比较，教我心中这张画儿有头有尾。天亮得似乎很慢，也许是我心中太急。天到底慢慢的亮起来，我们排上队。我又要笑，有的人居然把盘起来的辫子梳好了放下来，巡长们也作为没看见。有的人在快要排队的时候，还细细刷了刷制服，用布擦亮了皮鞋！街上有那么大的损失，还有人顾得擦亮了鞋呢。我怎能不笑呢！

到了街上，我无论如何也笑不出了！从前，我没真明白过什么叫作"惨"，这回才真晓得了。天上还有几颗懒得下去的大星，云色在灰白中稍微带出些蓝，清凉，暗淡。到处是焦糊的气味，空中游动着一些白烟。铺户全敞着门，没有一个整窗子，大人和小徒弟都在门口，或坐或立，谁也不出声，也不动手收拾什么，象一群没有主儿的傻羊。火已经停止住延烧，可是已被烧残的地方还静静的冒着白烟，吐着细小而明亮的火苗。微风一吹，那烧焦的房柱忽然又亮起来，顺着风摆开一些小火旗。最初起火的几家已成了几个巨大的焦土堆，山墙没有倒，空空的围抱着几座冒烟的坟头。最后燃烧的地方还都立着，墙与前脸全没塌倒，可是门窗一律烧掉，成了些黑洞。有一只猫还在这样的一家门口坐着，被烟熏的连连打嚏，可是还不肯离开那里。

　　平日最热闹体面的街口变成了一片焦木头破瓦，成群的焦柱静静的立着，东西南北都是这样，懒懒的，无聊的，欲罢不能的冒着些烟。地狱什么样？我不知道。大概这就差不多吧！我一低头，便想起往日街头上的景象，那些体面的铺户是多么华丽可爱。一抬头，眼前只剩了焦糊的那么一片。心中记得的景象与眼前看见的忽然碰到一处，碰出一些泪来。这就叫作"惨"吧？火场外有许多买卖人与学徒们呆呆的立着，手揣在袖里，对着残火发愣。遇见我们，他们只淡淡的看那么一眼，没有任何别的表示，仿佛他们已绝了望，用不着再动什么感情。

　　过了这一带火场，铺户全敞着门窗，没有一点动静，便道上马路上全是破碎的东西，比那火场更加凄惨。火场的样子教人一看便知道那是遭了火灾，这一片破碎静寂的铺户与东西使人莫名其妙，不晓得为什么繁华的街市会忽然变成绝大的垃圾堆。我就被派在这里站岗。我的责任是什么呢？不知道。我规规矩矩的立在那里，连动也不敢动，这破烂的街市仿佛有一股凉气，把我吸住。一些妇女和小孩子还在铺子外边拾取一些破东西，铺子的人不作声，我也不便去管；我觉得站在那里简直是多此一举。

　　太阳出来，街上显着更破了，象阳光下的叫化子那么丑陋。地上的每一个小物件都露出颜色与形状来，花哨的奇怪，杂乱得使人憋气。没有一个卖菜的，赶早市的，卖早点心的，没有一辆洋车，一匹马，整个的街上就是那么破破烂烂，冷冷清清，连刚出来的太阳都仿佛垂头丧气不大起劲，空空洞洞的悬在天上。一个邮差从我身旁走过去，低着头，身后扯着一条长影。我哆嗦了一下。

　　待了一会儿，段上的巡官下来了。他身后跟着一名巡警，两人都非常的精神在马路当中当当的走，好象得了什么喜事似的。巡官告诉我：注意街上的秩序，大令已经下来了！我行了礼，莫名其妙他说的是什么？那名巡警似乎看出来我的傻气，低声找补了一句：赶开那些拾东西的，大令下来了！我没心思去执行，可是不敢公然违抗命令，我走到铺户外边，向那些妇人孩子们摆了摆手，我说不出话来！

一边这样维持秩序，我一边往猪肉铺走，为是说一声，那件大褂等我给洗好了再送来。屠户在小肉铺门口坐着呢，我没想到这样的小铺也会遭抢，可是竟自成个空铺子了。我说了句什么，屠户连头也没抬。我往铺子里望了望：大小肉墩子，肉钩子，钱筒子，油盘，凡是能拿走的吧，都被人家拿走了，只剩下了柜台和架肉案子的土台！

我又回到岗位，我的头痛得要裂。要是老教我看着这条街，我知道不久就会疯了。

大令真到了。十二名兵，一个长官，捧着就地正法的令牌，枪全上着刺刀。呕！原来还是辫子兵啊！他们抢完烧完，再出来就地正法别人；什么玩艺呢？我还得给令牌行礼呀！

行完礼，我急快往四下里看，看看还有没有捡拾零碎东西的人，好警告他们一声。连屠户的木墩都搬了走的人民，本来值不得同情；可是被辫子兵们杀掉，似乎又太冤枉。

说时迟，那时快，一个十四五岁的男孩子没有走脱。枪刺围住了他，他手中还攥住一块木板与一只旧鞋。拉倒了，大刀亮出来，孩子喊了声"妈！"血溅出去多远，身子还抽动，头已悬在电线杆子上！

我连吐口唾沫的力量都没有了，天地都在我眼前翻转。杀人，看见过，我不怕。我是不平！我是不平！请记住这句，这就是前面所说过的，"我看出一点意思"的那点意思。想想看，把整串的金银镯子提回营去，而后出来杀个拾了双破鞋的孩子，还说就地正"法"呢！天下要有这个"法"，我×"法"的亲娘祖奶奶！请原谅我的嘴这么野，但是这种事恐怕也不大文明吧？

事后，我听人家说，这次的兵变是有什么政治作用，所以打抢的兵在事后还出来弹压地面。连头带尾，一切都是预先想好了的。什么政治作用？咱不懂！咱只想再骂街。可是，就凭咱这么个"臭脚巡"，骂街又有什么用呢！

九

简直我不愿再提这回事了，不过为圆上场面，我总得把问题提出来；提出来放在这里，比我聪明的人有的是，让他们自己去细呷摸吧！

怎么会"政治作用"里有兵变？

若是有意教兵来抢，当初干吗要巡警？

巡警到底是干吗的？是只管在街上小便的，而不管抢铺子的吗？

安善良民要是会打抢，巡警干吗去专拿小偷？

人们到底愿意要巡警不愿意？不愿意吧！为什么刚要打架就喊巡警，而且月月往外拿"警捐"？愿意吧！为什么又喜欢巡警不管事：要抢的好去抢，被抢的也一声不言语？

　　好吧，我只提出这么几个"样子"来吧！问题还多得很呢！我既不能去解决，也就不便再瞎叨叨了。这几个"样子"就真够教我糊涂的了，怎想怎不对，怎摸不清哪里是哪里，一会儿它有头有尾，一会儿又没头没尾，我这点聪明不够想这么大的事的。

　　我只能说这么一句老话，这个人民，连官儿，兵丁，巡警，带安善的良民，都"不够本"！所以，我心中的空儿就更大了呀！在这群"不够本"的人们里活着，就是个对付劲儿，别讲究什么"真"事儿，我算是看明白了。

　　还有个好字眼儿，别忘下："汤儿事"。谁要是跟我一样，想不出什么好办法来，顶好用这个话，又现成，又恰当，而且可以不至把自己绕糊涂了。"汤儿事"，完了；如若还嫌稍微秃一点呢，再补上"真他妈的"，就挺合适。

　　　十

　　不须再发什么议论，大概谁也能看清楚咱们国的人是怎回事了。由这个再谈到警察，稀松二五眼正是理之当然，一点也不出奇。就拿抓赌来说吧：早年间的赌局都是由顶有字号的人物作后台老板；不但官面上不能够抄拿，就是出了人命也没有什么了不得的；赌局里打死人是常有的事。赶到有了巡警之后，赌局还照旧开着，敢去抄吗？这谁也能明白，不必我说。可是，不抄吧，又太不象话；怎么办呢？有主意，捡着那老实的办几案，拿几个老头儿老太太，抄去几打儿纸牌，罚上十头八块的。巡警呢，算交上了差事；社会上呢，大小也有个风声，行了。拿这一件事比方十件事，警察自从一开头就是抹稀泥。它养着一群混饭吃的人，作些个混饭吃的事。社会上既不需要真正的巡警，巡警也犯不上为六块钱卖命。这很清楚。

　　这次兵变过后，我们的困难增多了老些。年轻的小伙子们，抢着了不少的东西，总算发了邪财。有的穿着两件马褂，有的十个手指头戴着十个戒指，都扬扬得意的在街上扭，斜眼看着巡警，鼻子里哽哽的哼白气。我只好低下头去，本来吗，那么大的阵式，我们巡警都一声没出，事后还能怨人家小看我们吗？赌局到处都是，白抢来的钱，输光了也不折本儿呀！我们不敢去抄，想抄也抄不过来，太多了。我们在墙儿外听见人家里面喊"人九"，"对子"，只作为没听见，轻轻的走过去。反正人们在院儿里头耍，不到街上来就行。哼！人们连这点面子也不给咱们留呀！那穿两件马褂的小伙子们偏要显出一点也不怕巡警——他们的祖父，爸爸，就没怕过巡警，也没见过巡警，他们为什么这辈子应当受巡警的气呢？——单要来到街上赌一场。有骰子就能开宝，蹲在地上就玩起活来。有一对石球就能踢，两人也行，五个人也行，"一毛钱一脚，踢不踢？好啦！'倒回来！'"拍，球碰了球，一毛。耍儿真不小呢，一点钟里也过手好几块。这都在我们鼻子底下，我们管不管呢？管吧！一个人，只佩着连豆腐也切不齐的刀，而赌家老是一帮年轻的小伙子。明人不吃眼前亏，巡警得绕着道儿走过去，不管的为是。可是，不幸，遇见了稽察，"你难道瞎了眼，看不见他们聚赌？"回去，至轻是记一过。这份儿委屈上哪儿诉去呢?

这样的事还多得很呢！以我自己说，我要不是佩着那么把破刀，而是拿着把手枪，跟谁我也敢碰碰，六块钱的饷银自然合不着卖命，可是泥人也有个土性，架不住碰在气头儿上。可是，我摸不着手枪，枪在土匪和大兵手里呢。

明明看见了大兵坐了车不给钱，而且用皮带抽洋车夫，我不敢不笑着把他劝了走。他有枪，他敢放，打死个巡警算得了什么呢！有一年，在三等窑子里，大兵们打死了我们三位弟兄，我们连凶首也没要出来。三位弟兄白白的死了，没有一个抵偿的，连一个挨几十军棍的也没有！他们的枪随便放，我们赤手空拳，我们这是文明事儿呀！

总而言之吧，在这么个以蛮横不讲理为荣，以破坏秩序为增光耀祖的社会里，巡警简直是多余。明白了这个，再加上我们前面所说过的食不饱力不足那一套，大概谁也能明白个八九成了。我们不抹稀泥，怎么办呢？我——我是个巡警——并不求谁原谅，我只是愿意这么说出来，心明眼亮，好教大家心里有个谱儿。

爽性我把最泄气的也说了吧：

当过了一二年差事，我在弟兄们中间已经是个了不得的人物。遇见官事，长官们总教我去挡头一阵。弟兄们并不因此而忌妒我，因为对大家的私事我也不走在后边。这样，每逢出个排长的缺，大家总对我咕唧："这回一定是你补缺了！"仿佛他们非常希望要我这么个排长似的。虽然排长并没落在我身上，可是我的才干是大家知道的。

我的办事诀窍，就是从前面那一大堆话中抽出来的。比方说吧，有人来报被窃，巡长和我就去察看。糙糙的把门窗户院看一过儿，顺口搭音就把我们在哪儿有岗位，夜里有几趟巡逻，都说得详详细细，有滋有味，仿佛我们比谁都精细，都卖力气。然后，找门窗不甚严密的地方，话软而意思硬的开始反攻："这扇门可不大保险，得安把洋锁吧？告诉你，安锁要往下安，门坎那溜儿就很好，不容易教贼摸到。屋里养着条小狗也是办法，狗圈在屋里，不管是多么小，有动静就会汪汪，比院里放着三条大狗还有用。先生你看，我们多留点神，你自己也得注点意，两下一凑合，准保丢不了东西了。好吧，我们回去，多派几名下夜的就是了；先生歇着吧！"这一套，把我们的责任卸了，他就赶紧得安锁养小狗；遇见和气的主儿呢，还许给我们泡壶茶喝。这就是我的本事。怎么不负责任，而且不教人看出抹稀泥来，我就怎办。话要说得好听，甜嘴蜜舌的把责任全推到一边去，准保不招灾不惹祸。弟兄们都会这一套，可是他们的嘴与神气差着点劲儿。一句话有多少种说法，把神气弄对了地方，话就能说出去又拉回来，象有弹簧似的。这点，我比他们强，而且他们还是学不了去，这是天生来的才分！

赶到我独自下夜，遇见贼，你猜我怎么办？我呀！把佩刀攥在手里，省得有响声；他爬他的墙，我走我的路，各不相扰。好吗，真要教他记恨上我，藏在黑影儿里给我一砖，我受得了吗？那谁，傻王九，不是瞎了一只眼吗？他还不是为拿贼呢！有一天，他和董志和在街口上强迫给人们剪发，一人手里一把剪刀，见着带小辫的，拉过来就是一剪子。哼！教人家记上了。等傻王九走单了的时候，人家照准了他的眼就是一把石灰："让你剪我的发，×你妈妈的！"他的眼就那么瞎了一只。你说，这差事要不象我那么去当，还活着不活着呢？凡是巡警们以为该干涉的，人们都以为是"狗拿耗子多管闲事"，有什么法子呢？

我不能象傻王九似的，平白无故的丢去一只眼睛，我还留着眼睛看这个世界呢！轻手蹑脚的躲开贼，我的心里并没闲着，我想我那俩没娘的孩子，我算计这一个月的嚼谷。也许有人一五一十的算计，而用洋钱作单位吧？我呀，得一个铜子一个铜子的算。多几个铜子，我心里就宽绰；少几个，我就得发愁。还拿贼，谁不穷呢？穷到无路可走，谁也会去偷，肚子才不管什么叫作体面呢！

十一

这次兵变过后，又有一次大的变动：大清国改为中华民国了。改朝换代是不容易遇上的，我可是并没觉得这有什么意思。说真的，这百年不遇的事情，还不如兵变热闹呢。据说，一改民国，凡事就由人民主管了；可是我没看见。我还是巡警，饷银没有增加，天天出来进去还是那一套。原先我受别人的气，现在我还是受气；原先大官儿们的车夫仆人欺负我们，现在新官儿手底下的人也并不和气。"汤儿事"还是"汤儿事"，倒不因为改朝换代有什么改变。可也别说，街上剪发的人比从前多了一些，总得算作一点进步吧。牌九押宝慢慢的也少起来，贫富人家都玩"麻将"了，我们还是照样的不敢去抄赌，可是赌具不能不算改了良，文明了一些。

民国的民倒不怎样，民国的官和兵可了不得！象雨后的蘑菇似的，不知道哪儿来的这么些官和兵。官和兵本不当放在一块儿说，可是他们的确有些相象的地方。昨天还一脚黄土泥，今天作了官或当了兵，立刻就瞪眼；越糊涂，眼越瞪得大，好象是糊涂灯，糊涂得透亮儿。这群糊涂玩艺儿听不懂哪叫好话，哪叫歹话，无论你说什么；他们总是横着来。他们糊涂得教人替他们难过，可是他们很得意。有时候他们教我都这么想了：我这辈大概作不了文官或是武官啦！因为我糊涂的不够程度！

　　几乎是个官儿就可以要几名巡警来给看门护院，我们成了一种保镖的，挣着公家的钱，可为私人作事。我便被派到宅门里去。从道理上说，为官员看守私宅简直不能算作差事；从实利上讲，巡警们可都愿意这么被派出来。我一被派出来，就拔升为"三等警"；"招募警"还没有被派出来的资格呢！我到这时候才算入了"等"。再说呢，宅门的事情清闲，除了站门，守夜，没有别的事可作；至少一年可以省出一双皮鞋来。事情少，而且外带着没有危险；宅里的老爷与太太若打起架来，用不着我们去劝，自然也就不会把我们打在底下而受点误伤。巡夜呢，不过是绕着宅子走两圈，准保遇不上贼；墙高狗厉害，小贼不能来，大贼不便于来——大贼找退职的官儿去偷，既有油水，又不至于引起官面严拿；他们不惹有势力的现任官。在这里，不但用不着去抄赌，我们反倒保护着老爷太太们打麻将。遇到宅里请客玩牌，我们就更清闲自在：宅门外放着一片车马，宅里到处亮如白昼，仆人来往如梭，两三桌麻将，四五盏烟灯，彻夜的闹哄，绝不会闹贼，我们就睡大觉，等天亮散局的时候，我们再出来站门行礼，给老爷们助威。要赶上宅里有红白事，我们就更合适：喜事唱戏，我们跟着白听戏，准保都是有名的角色，在戏园子里绝听不到这么齐全。丧事呢，虽然没戏可听，可是死人不能一半天就抬出去，至少也得停三四十天，念好几棚经；好了，我们就跟着吃吧；他们死人，咱们就吃犒劳。怕就怕死小孩，既不能开吊，又得听着大家呕呕的真哭。其次是怕小姐偷偷跑了，或姨太太有了什么大错而被休出去，我们捞不着吃喝看戏，还得替老爷太太们怪不得劲儿的！

　　教我特别高兴的，是当这路差事，出入也随便了许多，我可以常常回家看看孩子们。在"区"里或"段"上，请会儿浮假都好不容易，因为无论是在"内勤"或"外勤"，工作是刻板儿排好了的，不易调换更动。在宅门里，我站完门便没了我的事，只须对弟兄们说一声就可以走半天。这点好处常常教我害怕，怕再调回"区"里去；我的孩子们没有娘，还不多教他们看看父亲吗？

　　就是我不出去，也还有好处。我的身上既永远不疲乏，心里又没多少事儿，闲着干什么呢？我呀，宅上有的是报纸，闲着就打头到底的念。大报小报，新闻社论，明白吧不明白吧，我全念，老念。这个，帮助我不少，我多知道了许多的事，多识了许多的字。有许多字到如今我还念不出来，可是看惯了，我会猜出它们的意思来，就好象街面上常见着的人，虽然叫不上姓名来，可是彼此怪面善。除了报纸，我还满世界去借闲书看。不过，比较起来，还是念报纸的益处大，事情多，字眼儿杂，看着开心。唯其事多字多，所以才费劲；念到我不能明白的地方，我只好再拿起闲书来了。闲书老是那一套，看了上回，猜也会猜到下回是什么事；正因为它这样，所以才不必费力，看着玩玩就算了。报纸开心，闲书散心，这是我的一点经验。

　　在门儿里可也有坏处：吃饭就第一成了问题。在"区"里或"段"上，我们的伙食钱是由饷银里坐地儿扣，好歹不拘，天天到时候就有饭吃。派到宅门里来呢，一共三五个人，绝不能找厨子包办伙食，没有厨子肯包这么小的买卖的。宅里的厨房呢，又不许我们用；人家老爷们要巡警，因为知道可以白使唤几个穿制服的人，并不大管这群人有肚子没有。我们怎办呢？自己起灶，作不到，买一堆盆碗锅勺，知道哪时就又被调了走呢？再说，人家门头上要巡警原为体面好看，好，我们若是给人家弄得盆朝天碗朝地，刀勺乱响，成何体统呢？没法子，只好买着吃。

　　这可够别扭的。手里若是有钱，不用说，买着吃是顶自由了，爱吃什么就叫什么，弄两盅酒儿伍的，叫俩可口的菜，岂不是个乐子？请别忘了，我可是一月才共总进六块钱！吃的苦还不算什么，一顿一顿想主意可真教人难过，想着想着我就要落泪。我要省钱，还得变个样儿，不能老啃干馍馍辣饼子，象填鸭子似的。省钱与可口简直永远不能碰到一块，想想钱，我认命吧，还是弄几个干烧饼，和一块老腌萝卜，对付一下吧；想到身子，似乎又不该如此。想，越想越难过，越不能决定；一直饿到太阳平西还没吃上午饭呢！我家里还有孩子呢！我少吃一口，他们就可以多吃一口，谁不心疼孩子呢？吃着包饭，我无法少交钱；现在我可以自由的吃饭了，为什么不多给孩子们省出一点来呢？好吧，我有八个烧饼才够，就硬吃六个，多喝两碗开水，来个"水饱"！我怎能不落泪呢！

　　看看人家宅门里吧，老爷挣钱没数儿！是呀，只要一打听就能打听出来他拿多少薪俸，可是人家绝不指着那点固定的进项，就这么说吧，一月挣八百块的，若是干挣八百块，他怎能那么阔气呢？这里必定有文章。这个文章是这样的，你要是一月挣六块钱，你就死挣那个数儿，你兜儿里忽然多出一块钱来，都会有人斜眼看你，给你造些谣言。你要是能挣五百块，就绝不会死挣这个数儿，而且你的钱越多，人们越佩服你。这个文章似乎一点也不合理，可是它就是这么作出来的，你爱信不信！

　　报纸与宣讲所里常常提倡自由；事情要是等着提倡，当然是原来没有。我原没有自由；人家提倡了会子，自由还没来到我身上，可是我在宅门里看见它了。民国到底是有好处的，自己有自由没有吧，反正看见了也就得算开了眼。

　　你瞧，在大清国的时候，凡事都有个准谱儿；该穿蓝布大褂的就得穿蓝布大褂，有钱也不行。这个，大概就应叫作专制吧！一到民国来，宅门里可有了自由，只要有钱，你爱穿什么，吃什么，戴什么，都可以，没人敢管你。所以，为争自由，得拚命的去搂钱；搂钱也自由，因为民国没有御史。你要是没在大宅门待过，大概你还不信我的话呢，你去看看好了。现在的一个小官都比老年间的头品大员多享着点福：讲吃的，现在交通方便，山珍海味随便的吃，只要有钱。吃腻了这些还可以拿西餐洋酒换换口味；哪一朝的皇上大概也没吃过洋饭吧？讲穿的，讲戴的；讲看的听的，使的用的，都是如此；坐在屋里你可以享受全世界最好的东西。如今享福的人才真叫作享福，自然如今搂钱也比从前自由的多。别的我不敢说，我准知道宅门里的姨太太擦五十块钱一小盒的香粉，是由什么巴黎来的；巴黎在哪儿？我不知道，反正那里来的粉是很贵。我的邻居李四，把个胖小子卖了，才得到四十块钱，足见这香粉贵到什么地步了，一定是又细又香呀，一定！

　　好了，我不再说这个了；紧自贫嘴恶舌，倒好象我不赞成自由似的，那我哪敢呢！

　　我再从另一方面说几句，虽然还是话里套话，可是多少有点变化，好教人听着不俗气厌烦。刚才我说人家宅门里怎样自由，怎样阔气，谁可也别误会了人家作老爷的就整天的大把往外扔洋钱，老爷们才不这么傻呢！是呀，姨太太擦比一个小孩还贵的香粉，但是姨太太是姨太太，姨太太有姨太太的造化与本事。人家作老爷的给姨太太买那么贵的粉，正因为人家有地方可以抠出来。你就这么说吧，好比你作了老爷，我就能按着宅门的规矩告诉你许多诀窍：你的电灯，自来水，煤，电话，手纸，车马，天棚，家具，信封信纸，花草，都不用花钱；最后，你还可以白使唤几名巡警。这是规矩，你要不明白这个，你简直不配作老爷。告诉你一句到底的话吧，作老爷的要空着手儿来，满膛满馅的去，就好象刚惊蛰后的臭虫，来的时候是两张皮，一会儿就变成肚大腰圆，满兜儿血。这个比喻稍粗一点，意思可是不错。自由的搂钱，专制的省钱，两下里一合，你的姨太太就可以擦巴黎的香粉了。这句话也许说得太深奥了一些，随便吧！你爱懂不懂。

　　这可就该说到我自己了。按说，宅门里白使唤了咱们一年半载，到节了年了的，总该有个人心，给咱们哪怕是顿犒劳饭呢，也大小是个意思。哼！休想！人家作老爷的钱都留着给姨太太花呢，巡警算哪道货？等咱被调走的时候，求老爷给"区"里替我说句好话，咱都得感激不尽。

你看，命令下来，我被调到别处。我把铺盖卷打好，然后恭而敬之的去见宅上的老爷。看吧，人家那股子劲儿大了去啦！带理不理的，倒仿佛我偷了他点东西似的。我托咐了几句：求老爷顺便和"区"里说一声，我的差事当得不错。人家微微的一抬眼皮，连个屁都懒得放。我只好退出来了，人家连个拉铺盖的车钱也不给；我得自己把它扛了走。这就是他妈的差事，这就是他妈的人情！

十二

机关和宅门里的要人越来越多了。我们另成立了警卫队，一共有五百人，专作那义务保镖的事。为是显出我们真能保卫老爷们，我们每人有一杆洋枪，和几排子弹。对于洋枪——这些洋枪——我一点也不感觉兴趣：它又沉，又老，又破，我摸不清这是由哪里找来的一些专为压人肩膀，而一点别的用处没有的玩艺儿。我的子弹老在腰间围着，永远不准往枪里搁；到了什么大难临头，老爷们都逃走了的时候，我们才安上刺刀。

这可并非是说，我可以完全不管那枝破家伙；它虽然是那么破，我可得给它支使着。枪身里外，连刺刀，都得天天擦；即使永远擦不亮，我的手可不能闲着。心到神知！再说，有了枪，身上也就多了些玩艺儿，皮带，刺刀鞘，子弹袋子，全得弄得利落抹腻，不能象猪八戒挎腰刀那么懈懈松松的，还得打裹腿呢！

多出这么些事来，肩膀上添了七八斤的分量，我多挣了一块钱；现在我是一个月挣七块大洋了，感谢天地！

七块钱，扛枪，打裹腿，站门，我干了三年多。由这个宅门串到那个宅门，由这个衙门调到那个衙门；老爷们出来，我行礼；老爷进去，我行礼。这就是我的差事。这种差事才毁人呢：你说没事作吧，又有事；说有事作吧，又没事。还不如上街站岗去呢。在街上，至少得管点事，用用心思。在宅门或衙门，简直永远不用费什么一点脑子。赶到在闲散的衙门或汤儿事的宅子里，连站门的时候都满可以随便，挂着枪立着也行，抱着枪打盹也行。这样的差事教人不起一点儿劲，它生生的把人耗疲了。一个当仆人的可以有个盼望，哪儿的事情甜就想往哪儿去，我们当这份儿差事，明知一点好来头没有，可是就那么一天天的穷耗，耗得连自己都看不起了自己。按说，这么空闲无事，就应当吃得白白胖胖，也总算个体面呀。哼！我们并蹲不出膘儿来。我们一天老绕着那七块钱打算盘，穷得揪心。心要是揪上，还怎么会发胖呢？以我自己说吧，我的孩子已到上学的年岁了，我能不教他去吗？上学就得花钱，古今一理，不算出奇，可是我上哪里找这份钱去呢？作官的可以白占许多许多便宜，当巡警的连孩子白念书的地方也没有。上私塾吧，学费节礼，书籍笔墨，都是钱。上学校吧，制服，手工材料，种种本子，比上私塾还费的多。再说，孩子们在家里，饿了可以掰一块窝窝头吃；一上学，就得给点心钱，即使咱们肯教他揣着块窝窝头去，他自己肯吗？小孩的脸是更容易红起来的。

我简直没办法。这么大个活人，就会干瞪着眼睛看自己的儿女在家里荒荒着！我这辈无望了，难道我的儿女应当更不济吗？看着人家宅门的小姐少爷去上学，喝！车接车送，到门口还有老妈子丫环来接书包，抱进去，手里拿着橘子苹果，和新鲜的玩具。人家的孩子这样，咱的孩子那样；孩子不都是将来的国民吗？我真想辞差不干了。我楞当仆人去，弄俩零钱，好教我的孩子上学。

可是人就是别入了辙，入到哪条辙上便一辈子拔不出腿来。当了几年的差事——虽然是这样的差事——我事事入了辙，这里有朋友，有说有笑，有经验，它不教我起劲，可是我也仿佛不大能狠心的离开它。再说，一个人的虚荣心每每比金钱还有力量，当惯了差，总以为去当仆人是往下走一步，虽然可以多挣些钱。这可笑，很可笑，可是人就是这么个玩艺儿。我一跟朋友们说这个，大家都摇头。有的说，大家混的都很好的，干吗去改行？有的说，这山望着那山高，咱们这些苦人干什么也发不了财，先忍着吧！有的说，人家中学毕业生还有当"招募警"的呢，咱们有这个差事当，就算不错；何必呢？连巡官都对我说了：好歹混着吧，这是差事；凭你的本事，日后总有升腾！大家这么一说，我的心更活了，仿佛我要是固执起来，倒不大对得住朋友似的。好吧，还往下混吧。小孩念书的事呢？没有下文！

不久，我可有了个好机会。有位冯大人哪，官职大得很，一要就要十二名警卫；四名看门，四名送信跑道，四名作跟随。这四名跟随得会骑马。那时候，汽车还没出世，大官们都讲究坐大马车。在前清的时候，大官坐轿或坐车，不是前有顶马，后有跟班吗？这位冯大人愿意恢复这点官威，马车后得有四名带枪的警卫。敢情会骑马的人不好找，找遍了全警卫队，才找到了三个；三条腿不大象话，连巡官都急得直抓脑袋。我看出便宜来了：骑马，自然得有粮钱哪！为我的小孩念书起见，我得冒下子险，假如从马粮钱里能弄出块儿八毛的来，孩子至少也可以去私塾了。按说，这个心眼不甚好，可是我这是卖着命，我并不会骑马呀！我告诉了巡官，我愿意去。他问我会骑马不会？我没说我会，也没说我不会；他呢，反正找不到别人，也就没究根儿。

有胆子，天下便没难事。当我头一次和马见面的时候，我就合计好了：摔死呢，孩子们入孤儿院，不见得比在家里坏；摔不死呢，好，孩子们可以念书去了。这么一来，我就先不怕马了。

我不怕它，它就得怕我，天下的事不都是如此吗？再说呢，我的腿脚利落，心里又灵，跟那三位会骑马的瞎扯巴了一会儿，我已经把骑马的招数知道了不少。找了匹老实的，我试了试，我手心里攥着把汗，可是硬说我有了把握。头几天，我的罪过真不小，浑身象散了一般，屁股上见了血。我咬了牙。等到伤好了，我的胆子更大起来，而且觉出来骑马的快乐。跑，跑，车多快，我多快，我算是治服了一种动物！我把马治服了，可是没把粮草钱拿过来，我白冒了险。冯大人家中有十几匹马呢，另有看马的专人，没有我什么事。我几乎气病了。可是，不久我又高兴了：冯大人的官职是这么大，这么多，他简直没有回家吃饭的工夫。我们跟着他出去，一跑就是一天。他当然喽，到处都有饭吃，我们呢？我们四个人商议了一下，决定跟他交涉，他在哪里吃饭，也得有我们的。冯大人这个人心眼还不错，他很爱马，爱面子，爱手下的人。我们一对他说，他马上答应了。这个，可是个便宜。不用往多里说。我们要是一个月准能在外边白吃半个月的饭，我们不就省下半个月的饭钱吗？我高了兴！

　　冯大人，我说，很爱面子。当我们去见他交涉饭食的时候，他细细看了看我们。看了半天，他摇了摇头，自言自语的说："这可不行！"我以为他是说我们四个人不行呢，敢情不是。他登时要笔墨，写了个条子："拿这个见总队长去，教他三天内都办好！"把条子拿下来，我们看了看，原来是教队长给我们换制服：我们平常的制服是斜纹布的，冯大人现在教换呢子的；袖口，裤缝，和帽箍，一律要安金绦子。靴子也换，要过膝的马靴。枪要换上马枪，还另外给一人一把手枪。看完这个条子，连我们自己都觉得不合适：长官们才能穿呢衣，镶金绦，我们四个是巡警，怎能平白无故的穿上这一套呢？自然，我们不能去教冯大人收回条子去，可是我们也怪不好意思去见总队长。总队长要是不敢违抗冯大人，他满可以对我们四个人发发脾气呀！

你猜怎么着？总队长看了条子，连大气没出，照话而行，都给办了。你就说冯大人有多么大的势力吧！喝！我们四个人可抖起来了，真正细黑呢制服，镶着黄登登的金绦，过膝的黑皮长靴，靴后带着白亮亮的马刺，马枪背在背后，手枪挎在身旁，枪匣外搭拉着长杏黄穗子。简直可以这么说吧，全城的巡警的威风都教我们四个人给夺过来了。我们在街上走，站岗的巡警全都给我们行礼，以为我们是大官儿呢！

当我作裱糊匠的时候，稍微讲究一点的烧活，总得糊上匹菊花青的大马。现在我穿上这么抖的制服，我到马棚去挑了匹菊花青的马，这匹马非常的闹手，见了人是连啃带踢；我挑了它，因为我原先糊过这样的马，现在我得骑上匹活的；菊花青，多么好看呢！这匹马闹手，可是跑起来真作脸，头一低，嘴角吐着点白沫，长鬃象风吹着一垄春麦，小耳朵立着象俩小瓢儿；我只须一认镫，它就要飞起来。这一辈子，我没有过什么真正得意的事；骑上这匹菊花青大马，我必得说，我觉到了骄傲与得意！

按说，这回的差事总算过得去了，凭那一身衣裳与那匹马还不值得高高兴兴的混吗？哼！新制服还没穿过三个月，冯大人吹了台，警卫队也被解散；我又回去当三等警了。

十三

警卫队解散了。为什么？我不知道。我被调到总局里去当差，并且得了一面铜片的奖章，仿佛是说我在宅门里立下了什么功劳似的。在总局里，我有时候管户口册子，有时候管铺捐的账簿，有时候值班守大门，有时候看管军装库。这么二三年的工夫，我又把局子里的事情全明白了个大概。加上我以前在街面上，衙门口和宅门里的那些经验，我可以算作个百事通了，里里外外的事，没有我不晓得的。要提起警务，我是地；道内行。可是一直到这个时候，当了十年的差，我才升到头等警，每月挣大洋九元。

大家伙或者以为巡警都是站街的，年轻轻的好管闲事。其实，我们还有一大群人在区里局里藏着呢。假若有一天举行总检阅，你就可以看见些稀奇古怪的巡警：罗锅腰的，近视眼的，掉了牙的，瘸着腿的，无奇不有。这些怪物才真是巡警中的盐，他们都有资格有经验，识文断字，一切公文案件，一切办事的诀窍，都在他们手里呢。要是没有他们，街上的巡警就非乱了营不可。这些人，可是永远不会升腾起来；老给大家办事，一点起色也没有，平生连出头露面的体面一次都没有过。他们任劳任怨的办事，一直到他们老得动不了窝，老是头等警，挣九块大洋。多喈你在街上看见：穿着洗得很干净的灰色大褂，脚底下可还穿着巡警的皮鞋，用脚后跟慢慢的走，仿佛支使不动那双鞋似的，那就准是这路巡警。他们有时候也到大"酒缸"上，喝一个"碗酒"，就着十几个花生豆儿，挺有规矩，一边往下咽那点辣水，一边叹着气。头发已经有些白的了，嘴巴儿可还刮得很光，猛看很象个太监。他们很规则，和蔼，会作事，他们连休息的时候还得穿着那双不得人心的鞋！

　　跟这群人在一处办事，我长了不少的知识。可是，我也有点害怕：莫非我也就这样下去了吗？他们够多么可爱，又多么可怜呢！看着他们，我心中时常忽然凉那么一下，教我半天说不上话来。不错，我比他们都年岁小，也不见得比他们不精明，可是我有希望没有呢？年岁小？我也三十六了！

　　这几年在局子里可也有一样好处，我没受什么惊险。这几年，正是年年春秋准打仗的时期，旁人受的罪我先不说，单说巡警们就真够瞧的。一打仗，兵们就成了阎王爷，而巡警头朝了下！要粮，要车，要马，要人，要钱，全交派给巡警，慢一点送上去都不行。一说要烙饼一万斤，得，巡警就得挨着家去到切面铺和烙烧饼的地方给要大饼；饼烙得，还得押着清道夫给送到营里去；说不定还挨几个嘴巴回来！

要单是这么伺候着兵老爷们，也还好；不，兵老爷们还横反呢。凡是有巡警的地方，他们非捣乱不可，巡警们管吧不好，不管吧也不好，活受气。世上有糊涂人，我晓得；但是兵们的糊涂令我不解。他们只为逞一时的字号，完全不讲情理；不讲情理也罢，反正得自己别吃亏呀；不，他们连自己吃亏不吃亏都看不出来，你说天下哪里再找这么糊涂的人呢。就说我的表弟吧，他已当过十多年的兵，后来几年还老是排长，按说总该明白点事儿了。哼！那年打仗，他押着十几名俘虏往营里送。喝！他得意非常的在前面领着，仿佛是个皇上似的。他手下的弟兄都看出来，为什么不先解除了俘虏的武装呢？他可就是不这么办，拍着胸膛说一点错儿没有。走到半路上，后面响了枪，他登时就死在了街上。他是我的表弟，我还能盼着他死吗？可是这股子糊涂劲儿，教我也没法抱怨开枪打他的人。有这样一个例子，你也就能明白一点兵们是怎样的难对付了。你要是告诉他，汽车别往墙上开，好啦，他就非去碰碰不可，把他自己碰死倒可以，他就是不能听你的话。

在总局里几年，没别的好处，我算是躲开了战时的危险与受气。自然罗！一打仗，煤米柴炭都涨价儿，巡警们也随着大家一同受罪，不过我可以安坐在公事房里，不必出去对付大兵们，我就得知足。

可是，在局里我又怕一辈子就窝在那里，永没有出头之日，有人情，可以升腾起来；没人情而能在外边拿贼办案，也是个路子，我既没人情，又不到街面上去，打哪儿升高一步呢？我越想越发愁。

十四

到我四十岁那年，大运亨通，我补了巡长！我顾不得想已经当了多少年的差，卖了多少力气，和巡长才挣多少钱；都顾不得想了。我只觉得我的运气来了！

小孩子拾个破东西，就能高兴的玩耍半天，所以小孩子能够快乐。大人们也得这样，或者才能对付着活下去。细细一想，事情就全糟。我升了巡长，说真的，巡长比巡警才多挣几块钱呢？挣钱不多，责任可有多么大呢！往上说，对上司们事事得说出个谱儿来；往下说，对弟兄们得及精明又热诚；对内说，差事得交得过去；对外说，得能不软不硬的办了事。这，比作知县难多了。县长就是一个地方的皇上，巡长没那个身分，他得认真办事，又得敷衍事，真真假假，虚虚实实，哪一点没想到就出蘑菇。出了蘑菇还是真糟，往上升腾不易呀，往下降可不难呢。当过了巡长再降下来，派到哪里去也不吃香：弟兄们咬吃，喝！你这作过巡长的，……这个那个的扯一堆。长官呢，看你是刺儿头，故意的给你小鞋穿，你怎么忍也忍不下去。怎办呢？哼！由巡长而降为巡警，顶好干脆卷铺盖家去，这碗饭不必再吃了。可是，以我说吧，四十岁才升上巡长，真要是卷了铺盖，我干吗去呢？

　　真要是这么一想，我登时就得白了头发。幸而我当时没这么想，只顾了高兴，把坏事儿全放在了一旁。我当时倒这么想：四十作上巡长，五十——哪怕是五十呢！——再作上巡官，也就算不白当了差。咱们非学校出身，又没有大人情，能作到巡官还算小吗？这么一想，我简直的拚了命，精神百倍的看着我的事，好象看着颗夜明珠似的！

　　作了二年的巡长，我的头上真见了白头发。我并没细想过一切，可是天天揪着心，唯恐哪件事办错了，担了处分。白天，我老喜笑颜开的打着精神办公；夜间，我睡不实在，忽然想起一件事，我就受了一惊似的，翻来覆去的思索；未必能想出办法来，我的困意可也就不再回来了。

公事而外，我为我的儿女发愁：儿子已经二十了，姑娘十八。福海——我的儿子——上过几天私塾，几天贫儿学校，几天公立小学。字吗，凑在一块儿他大概能念下来第二册国文；坏招儿，他可学会了不少，私塾的，贫儿学校的，公立小学的，他都学来了，到处准能考一百分，假若学校里考坏招数的话。本来吗，自幼失了娘，我又终年在外边瞎混，他可不是爱怎么反就怎么反啵。我不恨铁不成钢去责备他，也不抱怨任何人，我只恨我的时运低，发不了财，不能好好的教育他。我不算对不起他们，我一辈子没给他们弄个后娘，给他们气受。至于我的时运不济，只能当巡警，那并非是我的错儿，人还能大过天去吗？

福海的个子可不小，所以很能吃呀！一顿胡搂三大碗芝麻酱拌面，有时候还说不很饱呢！就凭他这个吃法，他再有我这么两份儿爸爸也不中用！我供给不起他上中学，他那点"秀气"也没法考上。我得给他找事作。哼！他会作什么呢？从老早，我心里就这么嘀咕：我的儿子楞可去拉洋车，也不去当巡警；我这辈子当够了巡警，不必世袭这份差事了！在福海十二三岁的时候，我教他去学手艺，他哭着喊着的一百个不去。不去就不去吧，等他长两岁再说；对个没娘的孩子不就得格外心疼吗？到了十五岁，我给他找好了地方去学徒，他不说不去，可是我一转脸，他就会跑回家来。几次我送他走，几次他偷跑回来。于是只好等他再大一点吧，等他心眼转变过来也许就行了。哼！从十五到二十，他就愣荒荒过来，能吃能喝，就是不爱干活儿。赶到教我给逼急了："你到底愿意干什么呢？你说！"他低着脑袋，说他愿意挑巡警！他觉得穿上制服，在街上走，既能挣钱，又能就手儿散心，不象学徒那样永远圈在屋里。我没说什么，心里可刺着痛。我给打了个招呼，他挑上了巡警。我心里痛不痛的，反正他有事作，总比死吃我一口强啊。父是英雄儿好汉，爸爸巡警儿子还是巡警，而且他这个巡警还必定跟不上我。我到四十岁才熬上巡长，他到四十岁，哼！不教人家开革出来就是好事！没盼望！我没续娶过，因为我咬得住牙。他呢，赶明儿个难道不给他成家吗？拿什么养着呢？

　　是的，儿子当了差，我心中反倒堵上个大疙疸！再看女儿呀，也十八九了，紧自搁在家里算怎回事呢？当然，早早撮出去的为是，越早越好。给谁呢？巡警，巡警，还得是巡警？一个人当巡警，子孙万代全得当巡警，仿佛掉在了巡警阵里似的。可是，不给巡警还真不行呢：论模样，她没什么模样；论教育，她自幼没娘，只认识几个大字；论赔送，我至多能给她作两件洋布大衫；论本事，她只能受苦，没别的好处。巡警的女儿天生来的得嫁给巡警，八字造定，谁也改不了！

唉！给了就给了呗！撵出她去，我无论怎说也可以心净一会儿。并非是我心狠哪，想想看，把她撂到二十多岁，还许就剩在家里呢。我对谁都想对得起，可是谁又对得起我来着！我并不想唠里唠叨的发牢骚，不过我愿把事情都撂平了，谁是谁非，让大家看。

当她出嫁的那一天，我真想坐在那里痛哭一场。我可是没有哭；这也不是一半天的事了，我的眼泪只会在眼里转两转，简直的不会往下流！

十五

儿子有了事作，姑娘出了阁，我心里说：这我可能远走高飞了！假若外边有个机会，我楞把巡长搁下，也出去见识见识。什么发财不发财的，我不能就窝囊这么一辈子。

机会还真来了。记得那位冯大人呀，他放了外任官。我不是爱看报吗？得到这个消息，就找他去了，求他带我出去。他还记得我，而且愿意这么办。他教我去再约上三个好手，一共四个人随他上任。我留了个心眼，请他自己向局里要四名，作为是拨遣。我是这么想：假若日后事情不见佳呢，既省得朋友们抱怨我，而且还可以回来交差，有个退身步。他看我的办法不错，就指名向局里调了四个人。

　　这一喜可非同小喜。就凭我这点经验知识，管保说，到哪儿我也可以作个很好的警察局局长，一点不是瞎吹！一条狗还有得意的那一天呢，何况是个人？我也该抖两天了，四十多岁还没露过一回脸呢！

　　果然，命令下来，我是卫队长；我乐得要跳起来。

　　哼！也不是咱的命不好，还是冯大人的运不济；还没到任呢，又撤了差。猫咬尿泡，瞎欢喜一场！幸而我们四个人是调用，不是辞差；冯大人又把我们送回局里去了。我的心里既为这件事难过，又为回局里能否还当巡长发愁，我脸上瘦了一圈。

　　幸而还好，我被派到防疫处作守卫，一共有六位弟兄，由我带领。这是个不错的差事，事情不多，而由防疫处开我们的饭钱。我不确实的知道，大概这是冯大人给我说了句好话。

　　在这里，饭钱既不必由自己出，我开始攒钱，为是给福海娶亲——只剩了这么一档子该办的事了，爽性早些办了吧！

　　在我四十五岁上，我娶了儿媳妇——她的娘家父亲与哥哥都是巡警。可倒好，我这一家子，老少里外，全是巡警，凑吧凑吧，就可以成立个警察分所！

　　人的行动有时候莫名其妙。娶了儿媳妇以后，也不知怎么我以为应当留下胡子，才够作公公的样子。我没细想自己是干什么的，直入公堂的就留下胡子了。小黑胡子在我嘴上，我捻上一袋关东烟，觉得挺够味儿。本来吗，姑娘聘出去了，儿子成了家，我自己的事又挺顺当，怎能觉得不是味儿呢？

哼！我的胡子惹下了祸。总局局长忽然换了人，新局长到任就检阅全城的巡警。这位老爷是军人出身，只懂得立正看齐，不懂得别的。在前面我已经说过，局里区里都有许多老人们，长相不体面，可是办事多年，最有经验。我就是和局里这群老手儿排在一处的，因为防疫处的守卫不属于任何警区，所以检阅的时候便随着局里的人立在一块儿。

当我们站好了队，等着检阅的时候，我和那群老人们还有说有笑，自自然然的。我们心里都觉得，重要的事情都归我们办，提哪一项事情我们都知道，我们没升腾起来已经算很委屈了，谁还能把我们踢出去吗？上了几岁年纪，诚然，可是我们并没少作事儿呀！即使说老朽不中用了，反正我们都至少当过十五六年的差，我们年轻力壮的时候是把精神血汗耗费在公家的差事上，冲着这点，难道还不留个情面吗？谁能够看狗老了就一脚踢出去呢？我们心中都这么想，所以满没把这回事放在心里，以为新局长从远处瞭我们一眼也就算了。

局长到了，大个子胸前挂满了徽章，又是喊，又是蹦，活象个机器人。我心里打开了鼓。他不按着次序看，一眼看到我们这一排，他猛虎扑食似的就跑过来了。岔开脚，手握在背后，他向我们点了点头。然后忽然他一个箭步跳到我们跟前，抓起一个老书记生的腰带，象摔跤似的往前一拉，几乎把老书记生拉倒；抓着腰带，他前后摇晃了老书记生几把，然后猛一撒手，老书记生摔了个屁股墩。局长对准了他就是两口唾沫，"你也当巡警！连腰带都系不紧？来！拉出去毙了！"

我们都知道，凭他是谁，也不能枪毙人。可是我们的脸都白了，不是怕，是气的。那个老书记生坐在地上，哆嗦成了一团。

局长又看了看我们，然后用手指划了条长线，"你们全滚出去，别再教我看见你们！你们这群东西也配当巡警！"说完这个，仿佛还不解气，又跑到前面，扯着脖子喊："是有胡子的全脱了制服，马上走！"

有胡子的不止我一个，还都是巡长巡官，要不然我也不敢留下这几根惹祸的毛。

二十年来的服务，我就是这么被刷下来了。其实呢，我虽四十多岁，我可是一点也不显着老苍，谁教我留下了胡子呢！这就是说，当你年轻力壮的时候，你把命卖上，一月就是那六七块钱。你的儿子，因为你当巡警，不能读书受教育；你的女儿，因为你当巡警，也嫁个穷汉去吃窝窝头。你自己呢，一长胡子，就算完事，一个铜子的恤金养老金也没有，服务二十年后，你教人家一脚踢出来，象踢开一块碍事的砖头似的。五十以前，你没挣下什么，有三顿饭吃就算不错；五十以后，你该想主意了，是投河呢，还是上吊呢？这就是当巡警的下场头。

二十年来的差事，没作过什么错事，但我就这样卷了铺盖。

弟兄们有含着泪把我送出来的，我还是笑着；世界上不平的事可多了，我还留着我的泪呢！

十六

穷人的命——并不象那些施舍稀粥的慈善家所想的——不是几碗粥所能救活了的；有粥吃，不过多受几天罪罢了，早晚还是死。我的履历就跟这样的粥差不多，它只能帮助我找上个小事，教我多受几天罪；我还得去当巡警。除了说我当巡警，我还真没法介绍自己呢！它就象颗不体面的痣或瘤子，永远跟着我。我懒得说当过巡警，懒得再去当巡警，可是不说不当，还真连碗饭也吃不上，多么可恶呢！

歇了没有好久，我由冯大人的介绍，到一座煤矿上去作卫生处主任，后来又升为矿村的警察分所所长；这总算运气不坏。在这里我很施展了些我的才干与学问：对村里的工人，我以二十年服务的经验，管理得真叫不错。他们聚赌，斗殴，罢工，闹事，醉酒，就凭我的一张嘴，就事论事，干脆了当，我能把他们说得心服口服。对弟兄们呢，我得亲自去训练。他们之中有的是由别处调来的，有的是由我约来帮忙的，都当过巡警；这可就不容易训练，因为他们懂得一些警察的事儿，而想看我一手儿。我不怕，我当过各样的巡警，里里外外我全晓得；凭着这点经验，我算是没被他们给撅了。对内对外，我全有办法，这一点也不瞎吹。

假若我能在这里混上几年，我敢保说至少我可以积攒下个棺材本儿，因为我的饷银差不多等于一个巡官的，而到年底还可以拿一笔奖金。可是，我刚作到半年，把一切都布置得有个大概了，哼！我被人家顶下来了。我的罪过是年老与过于认真办事。弟兄们满可以拿些私钱，假若我肯睁着一只闭着一只眼的话。我的两眼都睁着，种下了毒。对外也是如此，我明白警察的一切，所以我要本着良心把此地的警务办得完完全全，真象个样儿。还是那句话，人民要不是真正的人民，办警察是多此一举，越办得好越招人怨恨。自然，容我办上几年，大家也许能看出它的好处来。可是，人家不等办好，已经把我踢开了。

在这个社会中办事，现在才明白过来，就得象发给巡警们皮鞋似的。大点，活该！小点，挤脚？活该！什么事都能办通了，你打算合大家的适，他们要不把鞋打在你脸上才怪。这次的失败，因为我忘了那三个宝贝字——"汤儿事"，因此我又卷了铺盖。

这回，一闲就是半年多。从我学徒时候起，我无事也忙，永不懂得偷闲。现在，虽然是奔五十的人了，我的精神气力并不比那个年轻小伙子差多少。生让我闲着，我怎么受呢？由早晨起来到日落，我没有正经事作，没有希望，跟太阳一样，就那么由东而西的转过去；不过，太阳能照亮了世界，我呢，心中老是黑糊糊的。闲得起急，闲得要躁，闲得讨厌自己，可就是摸不着点儿事作。想起过去的劳力与经验，并不能自慰，因为劳力与经验没给我积攒下养老的钱，而我眼看着就是挨饿。我不愿人家养着我，我有自己的精神与本事，愿意自食其力的去挣饭吃。我的耳目好象作贼的那么尖，只要有个消息，便赶上前去，可是老空着手回来，把头低得无可再低，真想一跤摔死，倒也爽快！还没到死的时候，社会象要把我活埋了！晴天大日头的，我觉得身子慢慢往土里陷；什么缺德的事也没作过，可是受这么大的罪。一天到晚我叼着那根烟袋，里边并没有烟，只是那么叼着，算个"意思"而已。我活着也不过是那么个"意思"，好象专为给大家当笑话看呢！好容易，我弄到个事：到河南去当盐务缉私队的队兵。队兵就队兵吧，有饭吃就行呀！借了钱，打点行李，我把胡子剃得光光的上了"任"。

半年的工夫，我把债还清，而且升为排长。别人花俩，我花一个，好还债。别人走一步，我走两步，所以升了排长。委屈并挡不住我的努力，我怕失业。一次失业，就多老上三年，不饿死，也憋闷死了。至于努力挡得住失业挡不住，那就难说了。

我想——哼！我又想了！——我既能当上排长，就能当上队长，不又是个希望吗？这回我留了神，看人家怎作，我也怎作。人家要私钱，我也要，我别再为良心而坏了事；良心在这年月并不值钱。假若我在队上混个队长，连公带私，有几年的工夫，我不是又可以剩下个棺材本儿吗？我简直的没了大志向，只求腿脚能动便去劳动；多咱动不了窝，好，能有个棺材把我装上，不至于教野狗们把我嚼了。我一眼看着天，一眼看着地。我对得起天，再求我能静静的躺在地下。并非我倚老卖老，我才五十来岁；不过，过去的努力既是那么白干一场，我怎能不把眼睛放低一些，只看着我将来的坟头呢！我心里是这么想，我的志愿既这么小，难道老天爷还不睁开点眼吗？

来家信，说我得了孙子。我要说我不喜欢，那简直不近人情。可是，我也必得说出来：喜欢完了，我心里凉了那么一下，不由的自言自语的嘀咕："哼！又来个小巡警吧！"一个作祖父的，按说，哪有给孙子说丧气话的，可是谁要是看过我前边所说的一大片，大概谁也会原谅我吧？有钱人家的儿女是希望，没钱人家的儿女是累赘；自己的肚中空虚，还能顾得子孙万代，和什么"忠厚传家久，诗书继世长"吗？

我的小烟袋锅儿里又有了烟叶，叼着烟袋，我咂摸着将来的事儿。有了孙子，我的责任还不止于剩个棺材本儿了；儿子还是三等警，怎能养家呢？我不管他们夫妇，还不管孙子吗？这教我心中忽然非常的乱，自己一年比一年的老，而家中的嘴越来越多，哪个嘴不得用窝窝头填上呢！我深深的打了几个嗝儿，胸中仿佛横着一口气。算了吧，我还是少思索吧，没头儿，说不尽！个人的寿数是有限的，困难可是世袭的呢！子子孙孙，万年永实用，窝窝头！

风雨要是都按着天气预测那么来，就无所谓狂风暴雨了。困难若是都按着咱们心中所思虑的一步一步慢慢的来，也就没有把人急疯了这一说了。我正盘算着孙子的事儿，我的儿子死了！

他还并没死在家里呀！我还得去运灵。

福海，自从成家以后，很知道要强。虽然他的本事有限，可是他懂得了怎样尽自己的力量去作事。我到盐务缉私队上来的时候，他很愿意和我一同来，相信在外边可以多一些发展的机会。我拦住了他，因为怕事情不稳，一下子再教父子同时失业，如何得了。可是，我前脚离开了家，他紧随着也上了威海卫。他在那里多挣两块钱。独自在外，多挣两块就和不多挣一样，可是穷人想要强，就往往只看见了钱，而不多合计合计。到那里，他就病了；舍不得吃药。及至他躺下了，药可也就没了用。

把灵运回来，我手中连一个钱也没有了。儿媳妇成了年轻的寡妇，带着个吃奶的小孩，我怎么办呢？我没法再出外去作事，在家乡我又连个三等巡警也当不上，我才五十岁，已走到了绝路。我羡慕福海，早早的死了，一闭眼三不知；假若他活到我这个岁数，至好也不过和我一样，多一半还许不如我呢！儿媳妇哭，哭得死去活来，我没有泪，哭不出来，我只能满屋里打转，偶尔的冷笑一声。

以前的力气都白卖了。现在我还得拿出全套的本事，去给小孩子找点粥吃。我去看守空房；我去帮着人家卖菜；我去作泥水匠的小工子活；我去给人家搬家……除了拉洋车，我什么都作过了。无论作什么，我还都卖着最大的力气，留着十分的小心。五十多了，我出的是二十岁的小伙子的力气，肚子里可是只有点稀粥与窝窝头，身上到冬天没有一件厚实的棉袄，我不求人白给点什么，还讲仗着力气与本事挣饭吃，豪横了一辈子，到死我还不能输这口气。时常我挨一天的饿，时常我没有煤上火，时常我找不到一撮儿烟叶，可是我决不说什么；我给公家卖过力气了，我对得住一切的人，我心里没毛病，还说什么呢？我等着饿死，死后必定没有棺材，儿媳妇和孙子也得跟着饿死，那只好就这样吧！谁教我是巡警呢！我的眼前时常发黑，我仿佛已摸到了死，哼！我还笑，笑我这一辈的聪明本事，笑这出奇不公平的世界，希望等我笑到末一声，这世界就换个样儿吧！

不说谎的人

　　一个自信是非常诚实的人，象周文祥，当然以为接到这样的一封信是一种耻辱。在接到了这封信以前，他早就听说过有个瞎胡闹的团体，公然扯着脸定名为"说谎会"。在他的朋友里，据说，有好几位是这个会的会员。他不敢深究这个"据说"。万一把事情证实了，那才怪不好意思：绝交吧，似乎太过火；和他们敷衍吧，又有些对不起良心。周文祥晓得自己没有什么了不得的才干，但是他忠诚实在，他的名誉与事业全仗着这个；诚实是他的信仰。他自己觉得象一块笨重的石头，虽然不甚玲珑美观，可是结实硬棒。现在居然接到这样的一封信：

　　"……没有谎就没有文化。说谎是最高的人生艺术。我们怀疑一切，只是不疑心人人事事都说谎这件事。历史是谎言的记录簿，报纸是谎言的播音机。巧于说谎的有最大的幸福，因为会说谎就是智慧。想想看，一天之内，要是不说许多谎话，得打多少回架；夫妻之间，不说谎怎能平安的度过十二小时。我们的良心永远不责备我们在情话情书里所写的———一片谎言！然而恋爱神圣啊！胜者王侯败者贼，是的，少半在乎说谎的巧拙。文化是谎言的产物。文质彬彬，然后君子——最会扯谎的家伙。最好笑的是人们一天到晚没法掩藏这个宝物，象孕妇故意穿起肥大的风衣那样。他们仿佛最怕被人家知道了他们时时在扯谎，于是谎上加谎，成为最大的谎。我们不这样，我们知道谎的可贵，与谎的难能，所以我们诚实的扯谎，艺术的运用谎言，我们组织说谎会，为的是研究它的技巧，与宣传它的好处。我们知道大家都说谎，更愿意使大家以后说谎不象现在这么拙劣，……素仰先生惯于说谎，深愿彼此琢磨，以增高人生幸福，光大东西文化！倘蒙不弃……"

　　没有念完，周文祥便把信放下了。这个会，据他看，是胡闹；这封信也是胡闹。但是他不能因为别人胡闹而幽默的原谅他们。他不能原谅这样闹到他自己头上来的人们，这是污辱他的人格。"素仰先生惯于说谎"？他不记得自己说过谎。即使说过，也必定不是故意的。他反对说谎。他不能承认报纸是制造谣言的，因为他有好多意见与知识都是从报纸得来的。

　　说不定这封信就是他所认识的，"据说"是说谎会的会员的那几个人给他写来的，故意开他的玩笑，他想。可是在信纸的左上角印着"会长唐翰卿；常务委员林德文，邓道纯，费穆初；会计何兆龙。"这些人都是周文祥知道而愿意认识的，他们在社会上都有些名声，而且是有些财产的。名声与财产，在周文祥看，绝对不能是由瞎胡闹而来的。胡闹只能毁人。那么，由这样有名有钱的人们所组织的团体，按理说，也应当不是瞎闹的。附带着，这封信也许有些道理，不一定是朋友们和他开玩笑。他又把信拿起来，想从新念一遍。可是他只读了几句，不能再往下念。不管这些会长委员是怎样的有名有福，这封信到底是荒唐。这是个恶梦！一向没遇见这样矛盾，这样想不出道理的事！

　　周文祥是已经过了对于外表勤加注意的年龄。虽然不是故意的不修边幅，可是有时候两三天不刮脸而心中可以很平静；不但平静，而且似乎更感到自己的坚实朴简。他不常去照镜子；他知道自己的圆脸与方块的身子没有什么好看；他的自爱都寄在那颗单纯实在的心上。他不愿拿外表显露出内心的聪明，而愿把面貌体态当作心里诚实的说明书。他好象老这么说："看看我！内外一致的诚实！周文祥没别的，就是可靠！"

　　把那封信放下，他可是想对镜子看看自己；长久的自信使他故意的要从新估量自己一番，象极稳固的内阁不怕，而且欢迎，"不信任案"的提出那样。正想往镜子那边去，他听见窗外有些脚步声。他听出来那是他的妻来了。这使他心中突然很痛快，并不是欢迎太太，而是因为他听出她的脚步声儿。家中的一切都有定规，习惯而亲切，"夏至"那天必定吃卤面，太太走路老是那个声儿。但愿世界上所有的事都如此，都使他习惯而且觉得亲切。假如太太有朝一日不照着他所熟习的方法走路，那要多么惊心而没有一点办法！他说不上爱他的太太不爱，不过这些熟习的脚步声儿仿佛给他一种力量，使他深信生命并不是个乱七八糟的恶梦。他知道她的走路法，正如知道他的茶碗上有两朵鲜红的牡丹花。

　　他忙着把那封使他心中不平静的信收在口袋里，这个举动作得很快很自然，几乎是本能的；不用加什么思索，他就马上决定了不能让她看见这样胡闹的一封信。

　　"不早了，"太太开开门，一只脚登在门坎上，"该走了吧？""我这不是都预备好了吗？"他看了看自己的大衫，很奇怪，刚才净为想那封信，已经忘了是否已穿上了大衫。现在看见大衫在身上，想不起是什么时候穿上的。既然穿上了大衫，无疑的是预备出去。早早出去，早早回来，为一家大小去挣钱吃饭，是他的光荣与理想。实际上，为那封信，他实在忘了到公事房去，可是让太太这一催问，他不能把生平的光荣与理想减损一丝一毫："我这不是预备走吗？"他戴上了帽子。"小春走了吧？"

　　"他说今天不上学了，"太太的眼看着他，带出作母亲常有的那种为难的样子，既不愿意丈夫发脾气，又不愿儿子没出息，可是假若丈夫能不发脾气呢，儿子就是稍微有点没出息的倾向也没多大的关系。"又说肚子有点痛。"

周文祥没说什么，走了出去。设若他去盘问小春，而把小春盘问短了——只是不爱上学而肚子并不一定疼。这便证明周文祥的儿子会说谎。设若不去管儿子，而儿子真是学会了扯谎呢，就更糟。他只好不发一言，显出沉毅的样子；沉毅能使男人在没办法的时候显出很有办法，特别是在妇女面前。周文祥是家长，当然得显出权威，不能被妻小看出什么弱点来。

走出街门，他更觉出自己的能力本事。刚才对太太的一言不发等等，他作得又那么简净得当，几乎是从心所欲，左右逢源。没有一点虚假，没有一点手段，完全是由生平的朴实修养而来的一种真诚，不必考虑就会应付裕如。想起那封信，瞎胡闹！

公事房的大钟走到八点三十二分到了两分钟。这是一个新的经验；十年来，他至迟是八点二十八分到作梦的时候，钟上的长针也总是在半点的"这"一边。世界好象宽出二分去，一切都变了样！他忽然不认识自己了，自是八点半"这"边的人；生命是习惯的积聚，新床使人睡不着觉；周文祥把自己丢失了，丢失在两分钟的外面，好似忽然走到荒凉的海边上。

可是，不大一会儿，他心中又平静起来，把自己从迷途上找回来。他想责备自己，不应该为这么点事心慌意乱；同时，他觉得应夸奖自己，为这点小事着急正自因为自己一向忠诚。

　　坐在办公桌前，他可是又想起点不大得劲的事。公司的规则，规则，是不许迟到的。他看见过同事们受经理的训斥，因为迟到；还有的扣罚薪水，因为迟到。哼，这并不是件小事！自然，十来年的忠实服务是不能因为迟到一次而随便一笔抹杀的，他想。可是假若被经理传去呢？不必说是受申斥或扣薪，就是经理不说什么，而只用食指指周文祥——他轻轻的叫着自己——一下，这就受不了；不是为这一指的本身，而是因为这一指便把十来年的荣誉指化了，如同一股热水浇到雪上！

　　是的，他应当自动的先找经理去，别等着传唤。一个忠诚的人应当承认自己的错误，受申斥或惩罚是应该的。他立起来，想去见经理。

　　又站了一会儿，他得想好几句话。"经理先生，我来晚了两分钟，几年来这是头一次，可是究竟是犯了过错！"这很得体，他评判着自己的忏悔练习。不过，万一经理要问有什么理由呢？迟到的理由不但应当预备好，而且应当由自己先说出来，不必等经理问。有了："小春，我的男小孩——肚子疼，所以……"这就非常的圆满了，而且是真事。他并且想到就手儿向经理请半天假，因为小春的肚子疼也许需要请个医生诊视一下。他可是没有敢决定这么作，因为这么作自然显着更圆到，可是也许是太过火一点。还有呢，他平日老觉得非常疼爱小春，也不知怎的现在他并不十分关心小春的肚子疼，虽然按着自己的忠诚的程度说，他应当相信儿子的腹痛，并且应当马上去给请医生。

他去见了经理，把预备好的言语都说了，而且说得很妥当，既不太忙，又不吞吞吐吐的惹人疑心。他没敢请半天假，可是稍微露了一点须请医生的意思。说完了，没有等经理开口，他心中已经觉得很平安了，因为他在事前没有想到自己的话能说得这么委婉圆到。他一向因为看自己忠诚，所以老以为自己不长于谈吐。现在居然能在经理面前有这样的口才，他开始觉出来自己不但忠诚，而且有些未经发现过的才力。

正如他所期望的，经理并没有申斥他，只对他笑了笑。"到底是诚实人！"周文祥心里说。

微笑不语有时候正象怒视无言，使人转不过身来。周文祥的话已说完，经理的微笑已笑罢，事情好象是完了，可是没个台阶结束这一场。周文祥不能一语不发的就那么走出去，而且再站在那里也不大象话。似乎还得说点什么，但又不能和经理瞎扯。一急，他又想起儿子。"那么，经理以为可以的话，我就请半天假，回家看看去！"这又很得体而郑重，虽然不知道儿子究竟是否真害肚疼。

经理答应了。

周文祥走出公司来，心中有点茫然。即使是完全出于爱儿子，这个举动究竟似乎差点根据。但是一个诚实人作事是用不着想了再想的，回家看看去好了。

　　走到门口，小春正在门前的石墩上唱"太阳出来上学去"呢，脸色和嗓音都足以证明他在最近不能犯过腹痛。"小春，"周文祥叫，"你的肚子怎样了？"

　　"还一阵阵的疼，连唱歌都不敢大声的喊！"小春把手按在肚脐那溜儿。

　　周文祥哼了一声。

　　见着了太太，他问："小春是真肚疼吗？"

　　周太太一见丈夫回来，心中已有些不安，及至听到这个追问，更觉得自己是处于困难的地位。母亲的爱到底使她还想护着儿子，真的爱是无暇选取手段的，她还得说谎："你出去的时候，他真是肚子疼，疼得连颜色都转了，现在刚好一点！"

　　"那么就请个医生看看吧？"周文祥为的是证明他们母子都说谎，想起这个方法。虽然他觉得这个方法有点欠诚恳，可是仍然无损于他的真诚，因为他真想请医生去，假如太太也同意的话。

　　"不必请到家来了吧，"太太想了想："你带他看看去好了。"

　　他没想到太太会这么赞同给小春看病。他既然这么说了，好吧，医生不会给没病的孩子开方子，白去一趟便足以表示自己的真心爱子，同时暴露了母子们的虚伪，虽然周家的人会这样不诚实是使人痛心的。

　　他带着小春去找牛伯岩——六十多岁的老儒医，当然是可靠的。牛老医生闭着眼，把带着长指甲的手指放在小春腕上，诊了有十来分钟。

"病不轻！"牛伯岩摇着头说，"开个方子试试吧，吃两剂以后再来诊一诊吧！"说完他开着脉案，写得很慢，而字很多。

小春无事可作，把垫腕子的小布枕当作沙口袋，双手扔着玩。

给了诊金，周文祥拿起药方，谢了谢先生。带着小春出来；他不能决定，是去马上抓药呢，还是干脆置之不理呢？小春确是，据他看，没有什么病。那么给他点药吃，正好是一种惩罚，看他以后还假装肚子疼不！可是，小春既然无病，而医生给开了药方，那么医生一定是在说谎。他要是拿着这个骗人的方子去抓药，就是他自己相信谎言，中了医生的诡计。小春说谎，太太说谎，医生说谎，只有自己诚实。他想起"说谎会"来。那封信确有些真理，他没法不这么承认。但是，他自己到底是个例外，所以他不能完全相信那封信。除非有人能证明他——周文祥——说谎，他才能完全佩服"说谎会"的道理。可是，只能证明自己说谎是不可能的。他细细的想过去的一切，没有可指摘的地方。由远而近，他细想今天早晨所作过的那些事，所说过的那些话，也都无懈可击，因为所作所说的事都是凭着素日诚实的习惯而发的，没有任何故意绕着作出与说出来的地方，只有自己能认识自己。他把那封信与药方一起撕碎，扔在了路上。

创造病

　　杨家夫妇的心中长了个小疙瘩，结婚以后，心中往往长小疙瘩，象水仙包儿似的，非经过相当的时期不会抽叶开花。他们的小家庭里，处处是这样的花儿。桌，椅，小巧的玩艺儿，几乎没有不是先长疙瘩而后开成了花的。

　　在长疙瘩的时期，他们的小家庭象晴美人间的唯一的小黑点，只有这里没有阳光。他们的谈话失去了音乐，他们的笑没有热力，他们的拥抱象两件衣服堆在一起。他们几乎想到离婚也不完全是坏事。

　　过了几天，小疙瘩发了芽。这个小芽往往是突然而来，使小家庭里雷雨交加。那是，芽儿既已长出，花是非开不可了。花带来阳光与春风，小家庭又移回到晴美的人间来；那个小疙瘩，凭良心说，并不是个坏包。它使他们的生活不至于太平凡了，使他们自信有创造的力量，使他们忘记了黑暗而喜爱他们自己所开的花。他们还明白了呢：在冲突中，他们会自己解和，会使丑恶的泪变成花瓣上的水珠；他们明白了彼此的力量与度量。况且再一说呢，每一朵花开开，总是他们俩的；虽然那个小包是在一个人心中长成的。他们承认了这共有的花，而忘记了那个独有的小疙瘩。他们的花都是并蒂的，他们说。

前些日子，他们俩一人怀着一个小包。春天结的婚，他的薄大衣在秋天也还合适。可是哪能老是秋天呢？冬已在风儿里拉他的袖口，他轻轻颤了一下，心里结成个小疙瘩。他有件厚大衣；生命是旧衣裳架子么？

他必须作件新的大衣。他已经计划好，用什么材料，裁什么样式，要什么颜色。另外，他还想到穿上这件大衣时的光荣，俊美，自己在这件大衣之下，象一朵高贵的花。为穿这件新大衣，他想到浑身上下应该加以修饰的地方；要是没有这件新衣，这些修饰是无须乎费心去思索的；新大衣给了他对于全身的美丽的注意与兴趣。冬日生活中的音乐，拿这件大衣作为主音。没有它，生命是一片荒凉；风，寒，与颤抖。

他知道在定婚与结婚时拉下不少的亏空，不应当把债眼儿弄得更大。可是生命是创造的，人间美的总合是个个人对于美的创造与贡献；他不能不尽自己的责任。他也并非自私，只顾自己的好看；他是想象着穿上新大衣与太太一同在街上走的光景与光荣：他是美男子，她是美女人，在大家的眼中。

但是他不能自己作主，他必须和太太商议一下。他也准知道太太必定不拦着他，她愿意他打扮得漂亮，把青春挂在外面，如同新汽车的金漆的商标。可是他不能利用这个而马上去作衣裳，他有亏空。要是不欠债的话，他为买大衣而借些钱也没什么。现在，他不应当再给将来预定下困难，所以根本不能和太太商议。可是呢，大衣又非买不可。怎办呢？他心中结了个小疙瘩。

他不愿意露出他的心事来，但是心管不住脸，正象土拦不住种子往上拔芽儿。藏着心事，脸上会闹鬼。

她呢，在结婚后也认识了许多的事，她晓得了爱的完成并不能减少别的困难；钱——先不说别的——并不偏向着爱。可是她反过来一想呢，他们还都年少，不应当把青春随便的抛弃。假若处处俭省，等年老的时候享受，年老了还会享受吗？这样一想，她觉得老年还离他们很远很远，几乎是可以永远走不到的。即使不幸而走到呢，老年再说老年的吧，谁能不开花便为果子思虑呢。她得先买个冬季用的黑皮包。她有个黄色的，春秋用着合适；还有个白的，配着个天蓝的扣子，夏天——配上长白手套——也还体面。冬天，已经快到了，还要有合适的皮包。

　　她也不愿意告诉丈夫，而心中结了个小疙瘩。

　　他们都偷偷的详细的算过账，看看一月的收入和开支中间有没有个小缝儿，可以不可以从这小缝儿钻出去而不十分的觉得难受。差不多没有缝儿！冬天还没到，他们的秋花都被霜雪给埋住了。他们不晓得能否挨过这个冬天，也许要双双的入墓！

　　他们不能屈服，生命的价值是在创造。假如不能十全，那只好有一方面让步，别叫俩人都冻在冰里。这样，他们承认，才能打开僵局。谁应当让步呢？二人都愿自己去牺牲。牺牲是甜美的苦痛。他愿意设法给她买上皮包，自己的大衣在热烈的英雄主义之下可以后缓；她愿意给他置买大衣，皮包只是为牺牲可以不买。他们都很坚决。几乎以为大衣或皮包的购买费已经有了似的。他们热烈的辩驳，拥抱着推让，没有结果。及至看清了买一件东西的钱并还没有着落，他们的勇气与相互的钦佩使他们决定，一不作，二不休，爽性借笔钱把两样都买了吧。

　　他穿上了大衣，她提上了皮包，生命在冬天似乎可以不觉到风雪了。他们不再讨论钱的问题，美丽快乐充满了世界。债是要还的，但那是将来的事，他们的前途是不可限量的。况且他们并非把钱花在不必要的东西上，他们作梦都梦不到买些古玩或开个先施公司。他们所必需的没法不买。假如他们来一笔外财，他们就先买个小汽车，这是必需的。

　　冬天来了。大衣与皮包的欣喜已经渐渐的衰减，因为这两样东西并不象在未买的时候所想的那么足以代替一切，那么足以结束了借款。冬天还有问题。原先梦也梦不到冬天的晚上是这么可怕，冷风把户外一切的游戏都禁止住，虽然有大衣与皮包也无用武之处。这个冬天，照这样下去，是会杀人的。多么长的晚上呢，不能出去看电影，不能去吃咖啡，不能去散步。坐在一块儿说什么呢？干什么呢？接吻也有讨厌了的时候，假如老接吻！

　　这回，那个小疙瘩是同时种在他们二人的心里。他们必须设法打破这样的无聊与苦闷。他们不约而同的想到：得买个话匣子。

　　话匣子又比大衣与皮包贵了。要买就买下得去的，不能受别人的耻笑。下得去的，得在一百五与二百之间。杨先生一月挣一百二，杨太太挣三十五，凑起来才一百五十五！

　　可是生命只是经验，好坏的结果都是死。经验与追求是真的，是一切。想到这个，他们几乎愿意把身份降得极低，假如这样能满足目前的需要与理想。

　　他们谁也没有首先发难的勇气，可是明知道他们失去勇气便失去生命。生命被个留声机给憋闷回去，那未免太可笑，太可怜了。他们宁可以将来挨饿，也受不住目前的心灵的饥荒。他们必得给冬天一些音乐。谁也不发言，但是都留神报纸上的小广告，万一有贱卖的留声机呢，万一有按月偿还的呢……向来他们没觉到过报纸是这么重要，应当费这么多的心去细看。凡是费过一番心的必得到酬报，杨太太看见了：明华公司的留声机是可以按月付钱，八个月还清。她不能再沉默着，可也无须说话。她把这段广告用红铅笔勾起来，放在丈夫的书桌上。他不会看不见这个。

他看见了，对她一笑：她回了一笑。在寒风雪地之中忽然开了朵花！

留声机拿到了，可惜片子少一点，只买了三片，都是西洋的名乐。片子是要用现钱买的，他们只好暂时听这三片，等慢慢的逐月增多。他们想象着，在一年的工夫，他们至少可以有四五十片名贵的音乐与歌唱。他们可以学着唱，可以随着跳舞，可以闭目静听那感动心灵的大乐，他们的快乐是无穷的。

对于机器，对于那三张片子，他们象对于一个刚抱来的小猫那样爱惜。杨太太预备下绸子手绢，专去擦片子。那个机器发着欣喜的光辉，每张片子中间有个鲜红的圆光，象黑夜里忽然出了太阳。他们听着，看着，抚摸着，从各项感官中传进来欣悦，使他们更天真了，象一对八九岁的小儿女。

在一个星期里，他们把三张片子已经背下来；似乎已经没有再使片子旋转的必要。而且也想到了，如若再使它们旋转，大概邻居们也会暗中耻笑，假如不高声的咒骂。而时间呢，并不为这个而着急，离下月还有三个多星期呢。为等到下月初买新片，而使这三个多星期成块白纸，买了话匣和没买有什么分别呢？马上去再买新片是不敢想的，这个月的下半已经很难过去了。

看着那个机器，他们有点说不出的后悔。他们虽然退一步的想，那个玩艺也可以当作一件摆设看，但究竟不是办法。把它送回去损失一个月的钱与那三张片子，是个办法，可是怎好意思呢！谁能拉下长脸把它送回去呢？他们俩没这个勇气。他们俩连讨论这个事都不敢，因为买来时的欣喜是那么高，怎好意思承认一对聪明的夫妇会陷到这种难堪中呢；青年是不肯认错，更不肯认自己呆蠢的。他们相对愣着，几乎不敢再瞧那个机器；那是他们自己创造出来的一块心病。

敌与友

　　不要说张村与李村的狗不能见面而无伤亡，就是张村与李村的猫，据说，都绝对不能同在一条房脊上走来走去。张村与李村的人们，用不着说，当然比他们的猫狗会有更多的成见与仇怨。

　　两村中间隔着一条小河，与一带潮湿发臭，连草也长不成样子的地。两村的儿童到河里洗澡，或到苇叶里捉小鸟，必须经过这带恶泥滩。在大雨后，这是危险的事：有时候，泥洼会象吸铁石似的把小孩子的腿吸住，一直到把全身吸了下去，才算完成了一件很美满的事似的。但是，两村儿童的更大的危险倒是隔着河，来的砖头。泥滩并不永远险恶，砖头却永远活跃而无情。况且，在砖头战以后，必然跟着一场交手战；两村的儿童在这种时候是决不能后退的；打死或受伤都是光荣的；后退，退到家中，便没有什么再得到饭吃的希望。他们的父母不养活不敢过河去拼命的儿女。

　　大概自有史以来，张村与李村之间就没有过和平，那条河或者可以作证。就是那条河都被两村人闹得忘了自己是什么：假若张村的人高兴管它叫作小明河，李村的人便马上呼它为大黑口，甚至于黑水湖。为表示抵抗，两村人是不惜牺牲了真理的。张村的太阳若是东边出来，那就一定可以断定李村的朝阳是在西边。

　　在最太平的年月，张村与李村也没法不稍微露出一点和平的气象，而少打几场架；不过这太勉强，太不自然，所以及至打起来的时候，死伤的人就特别的多。打架次数少，而一打便多死人，这两村才能在太平年月维持在斗争的精神与世仇的延续。在兵荒马乱的年代，那就用不着说，两村的人自会把小河的两岸作成时代的象征。假若张村去打土匪，李村就会兜后路，把张村的英雄打得落花流水。张村自然也会照样的回敬。毒辣无情的报复，使两村的人感到兴奋与狂悦。在最没办法与机会的时候，两村的老太婆们会烧香祷告：愿菩萨给河那边天花瘟疫或干脆叫那边地震。

　　死伤与官司——永远打不完的官司——叫张李两村衰落贫困。那条小河因壅塞而越来越浑浊窄小，两村也随着越来越破烂或越衰败。可是两村的人，只要能敷衍着饿不死，就依然彼此找毛病。两村对赛年会，对台唱谢神戏，赛放花炮，丧事对放焰口，喜事比赛酒席……这些豪放争气，而比赛不过就以武力相见的事，都已成为过去的了。现在，两村除了打群架时还有些生气，在停战的期间连狗都懒得叫一叫。瓦屋变为土房，草棚变为一块灰土，从河岸上往左右看，只是破烂灰暗的那么两片，上面有几条细弱的炊烟。

　　穷困遇着他们不能老在家里作英雄，打架并不给他们带来饭食，饿急了，他们想到职业与出路，很自然的，两村的青年便去当兵；豁得出命去就有饭吃，而豁命是他们自幼习惯了的事。入了军队，积下哪怕是二十来块钱呢，他们便回到家来，好象私斗是更光荣的事，而生命唯一的使命是向河对岸的村子攻击。在军队中得到的训练只能使两村的战争更激烈惨酷。

　　两村的村长是最激烈的，不然也就没法作村长。张村村长的二儿子——张荣——已在军队生活过了三年，还没回来过一次。这很使张村长伤心，怨他的儿子只顾吃饷，而忘了攻击李村的神圣责任。其实呢，张荣倒未必忘记这种天职，而是因为自己作了大排长，不愿前功尽弃的随便请长假。村长慢慢的也就在无可如何之中想出主意，时常对村众声明："二小子不久就会回来的。可是即使一时回不来，我们到底也还压着李村一头。张荣，我的二小子，是大排长。李村里出去那么多坏蛋，可有一个当排长的？我真愿意李村的坏蛋们都在张荣，我的二小子，手下当差，每天不打不打也得打他们每人二十军棍！二十军棍！"不久这套话便被全村的人记熟："打他二十"渐渐成为挑战时的口号，连小孩往河那边扔砖头的时候都知道喊一声：打他二十。

李村的确没有一个作排长的。一般的来说，这并无可耻。可是，为针对着张村村长的宣言而设想，全村的人便坐卧不安了，最难过的自然是村长。为这个，李村村长打发自己的小儿子李全去投军："小子，你去当兵！长志气，限你半年，就得升了排长！再往上升，一直升到营长！听明白了没有？"李全入了伍，与其说是为当兵，还不如说为去候补排长。可是半年过去了，又等了半年，排长的资格始终没有往他身上落。他没脸回家。这事早被张村听了去，于是"打他二十"的口号随时刮到河这边来，使李村的人没法不加紧备战。

真正的战争来到了，两村的人一点也不感到关切，打日本与他们有什么关系呢。说真的，要不是几个学生来讲演过两次，他们就连中日战争这回事也不晓得。由学生口中，他们知道了这个战事，和日本军人如何残暴。他们很恨日本鬼子，也不怕去为打日本鬼子而丧了命。可是，这得有个先决的问题：张村的民意以为在打日本鬼子以前，须先灭了李村；李村的民意以为须先杀尽了张村的仇敌，而后再去抗日。他们双方都问过那些学生，是否可以这么办。学生们告诉他们应当联合起来去打日本。他们不能明白这是什么意思，只能以学生不了解两村的历史而没有把砖头砍在学生们的头上。他们对打日本这个问题也就不再考虑什么。

　　战事越来越近了，两村还没感到什么不安。他们只盼望日本打到，而把对岸的村子打平。假若日本人能替他们消灭了世仇的邻村，他们想，虽然他们未必就去帮助日本人，可也不必拦阻日军的进行，或给日军以什么不方便，不幸而日本人来打他们自己的村子呢，那就是另一回事了。但是他们直觉得以为日本人必不能不这办，而先遭殃的必定是邻村，除了这些希冀与思索，他们没有什么一点准备。

　　逃难的男女穿着村渡过河去，两村的人知道了一些战事的实况，也就深恨残暴的日本。可是，一想到邻村，他们便又痛快了一些：哼！那边的人准得遭殃，无疑的！至于邻村遭殃，他们自己又怎能平安的过去，他们故意的加以忽略。反正他们的仇人必会先完，那就无须去想别的了，这是他们的逻辑。好一些日子，他们没再开打，因为准知道日本不久就会替他们消灭仇人，何必自己去动手呢。

　　两村的村长都拿出最高的智慧，想怎样招待日本兵。这并非是说他们愿意作汉奸，或是怕死。他们很恨日本。不过，为使邻村受苦，他们不能不敷衍日本鬼子，告诉鬼子先去打河那边。等仇人灭净，他们再翻脸打日本人，也还不迟。这样的智慧使两位年高有德的村长都派出侦探，打听日本鬼子到了何处，和由哪条道路前进，以便把他们迎进村来，好按着他们的愿望开枪——向河岸那边开枪。

世界上确是有奇事的。侦探回来报告张村长：张荣回来了，还离村有五里多地。可是，可是，他搀着李全，走得很慢！侦探准知道村长要说什么，所以赶紧补充上：我并没发昏，我揉了几次眼睛，千真万确是他们两个！

李村长也得到同样的报告。

既然是奇事，就不是通常的办法所能解决的。两村长最初想到的是把两个认敌为友的坏蛋，一齐打死。可是这太不上算。据张村长想，错过必在李全身上，怎能把张荣的命饶在里面？在李村长的心中，事实必定恰好调一个过儿，自然不能无缘无故杀了自己的小儿子。怎么办呢？假如允许他俩在村头分手，各自回家，自然是个办法。可是两村的人该怎么想呢？呕，村长的儿子可以随便，那么以后谁还肯去作战呢？再一说，万一李全进了张村，或张荣进了李村，又当怎办？太难办了！这两个家伙是破坏了最可宝贵的传统，设若马上没有适当的处置，或者不久两村的人还可以联婚呢！两村长的智慧简直一点也没有用了！

第二次报告来到：他们俩坐在了张村外的大杨树下面。两村长的心中象刀剜着一样。那株杨树是神圣的，在树的五十步以内谁也不准打架用武。在因收庄稼而暂停战争的时候，杨树上总会悬起一面破白旗的。现在他俩在杨树下，谁也没法子惩治他俩。

两村长不能到那里去认逆子，即使他俩饿死在那里。

第三次报告：李全躺在树下，似乎是昏迷不醒了；张荣还坐着，脸上身上都是血。

英雄的心是铁的，可是铁也有发热的时候。两村长撑不住了，对大家声明要去看看那俩坏蛋是怎回事，绝对不是去认儿子，他们情愿没有这样的儿子。

他们不愿走到杨树底下去，那不英雄。手里也不拿武器，村长不能失了身份。他们也不召集村人来保护他们，虽然明知只身前去是危险的。两个老头子不约而同来到杨树附近，谁也没有看谁，以免污了眼睛，对不起祖先。

可是，村人跟来不少，全带着家伙。村长不怕危险，大家可不能大意。再说，不来看看这种奇事，死了也冤枉。

张村长看二儿子满身是血，并没心软，流血是英雄们的事。他倒急于要听二小子说些什么。

张荣看见父亲，想立起来，可是挣扎了几下，依然坐下去。他是个高个子，虽然是坐着，也还一眼便看得出来。脑袋七棱八瓣的，眉眼都象随便在块石头上刻成的，在难看之中显出威严硬棒。这大汉不晓得怎好的叫了一声"爹"，而后迟疑了一会儿用同样的声音叫了声"李大叔"！

李村长没答声，可是往前走了两步，大概要去看看昏倒在地的李全。张村长的胡子嘴动了动，眼里冒出火来，他觉得这声

"李大叔"极刺耳。

张荣看着父亲，毫不羞愧的说："李全救了我的命，我又救了他的命。日本鬼子就在后边呢，我可不知道他们到这里来，还是往南渡过马家桥去。我把李全拖了回来，他的性命也许……反正我愿把他交到家里来。在他昏过去以前，他嘱咐我：咱们两村子得把仇恨解开，现在我们两村子的，全省的，全国的仇人是日本。在前线，他和我成了顶好的朋友。我们还有许多朋友，从广东来的，四川来的，陕西来的……都是朋友。凡是打日本人的就是朋友。咱们两村要还闹下去，我指着这将死去的李全说，便不能再算中国的人。日本鬼子要是来到，张村李村要完全完，要存全存。爹！李大叔！你们说句话吧！咱们彼此那点仇，一句话就可以了结。为私仇而不去打日本，咱们的祖坟就都保不住了！我已受了三处伤，可是我只求大家给我洗一洗，裹一裹，就马上找军队去。设若不为拖回李全，我是决不会回来的。你们二位老人要是还不肯放下仇恨，我也就不必回营了。我在前面打日本，你们家里自己打自己，有什么用呢？我这儿还有个手枪，我会打死自己！"

二位村长低下了头去。

李全动了动。李村长跑了过去。李全睁开了眼，看明是父亲，他的嘴唇张了几张："我完了！你们，去打吧！打，日本！"

张村长也跑了过来，豆大的泪珠落在李全的脸上。而后拍了拍李村长的肩："咱们是朋友了！"

电话

　　王二楞的派头不小，连打电话都独具风格：先点上烟卷；在烟头儿烧到了嘴唇以前，烟卷老那么在嘴角上搭拉着；烟灰随便落在衣、裤上，永远不掸一掸；有时候也烧破了衣服，全不在乎，派头嘛。叼着烟，嘴歪着点，话总说的不大清楚。那，活该！王二楞有吐字不清的自由，不是吗？

　　拨电话的派头也不小：不用手指，而用半根铅笔。他绝对相信他的铅笔有感觉，跟手指一样的灵活而可靠。他是那么相信铅笔，以至拨号码的时候，眼睛老看着月份牌或别的东西。不但眼看别处，而且要和别人聊天儿，以便有把握地叫错号码。叫错了再叫，叫错了再叫，而且顺手儿跟接电话的吵吵嘴。看，二楞多么忙啊，光是打电话就老打不完！

已经拨错了八次，王二楞的派头更大了：把帽子往后推了推，挺了挺胸，胸前的烟灰乘机会偷偷地往下落。下了决心，偏不看着"你"，看打得通打不通！连月份牌也不看了，改为看天花板。

"喂，喂！老吴吗？你这家伙！……什么？我找老吴！……没有？邪门！……什么？看着点？少说废话！难道我连电话都不会打吗？……我是谁？在哪儿？你管不着！"啪，把听筒一摔，补上："太没礼貌！"

"喂，老吴吗？你这……什么？什么？……消防第九队？……我们这儿没失火！"

"二楞，着了！"一位同事叫了声。

"哪儿着了？哪儿？喂，第九队，等等！等等！……，这儿！"二楞一面叫消防第九队等一等，一面拍打桌上的文件——叫从他嘴角上落下来的烟头儿给烧着了。"喂，喂！没事啦！火不大，把文件烧了个窟窿，没关系！"二楞很得意，派头十足地教育大家："看，叫错了电话有好处！万一真烧起来，消防队马上就会来到，嘻嘻！"

从新点上一支烟，顺手把火柴扔在字纸篓儿里。"喂，老吴吗？你这……要哪儿？找老吴！……怎么，又是你？这倒巧！……说话客气点！社会主义道德，要帮助别人，懂吧？哼！"

二楞的铅笔刚又插在电话机盘的小孔里，一位同志说了话："二楞，我可要送给你一张大字报了！"

"又批评我什么呀？"

"你自己想想吧！你一天要浪费自己多少时间，扰乱多少人的工作呀？你占着消防队的线，很可能就正有失火的地方，迟一分钟就多一些损失！你也许碰到一位作家……"

"哪能那么巧！"

"你以为所有的人都该伺候你，陪着你闹着玩吗？……"

"喂，老吴吗？"二楞的电话又接通了："……不是？……你是个作家？……我打断了你的思路，也许半天不能……那你就挂上吧！等什么呢？"二楞觉得自己很幽默。然后对要写大字报的同志说："多么巧，真会碰上了作家……""又冒烟了！"有人喊。"字纸篓！"

"二楞，叫消防队！"

"不记得号数，刚才那回是碰巧啦！"二楞扑打字纸篓，派头很大。

丁

　　海上的空气太硬，丁坐在沙上，脚指还被小的浪花吻着，疲乏了的阿波罗——是的，有点希腊的风味，男女老幼都赤着背，可惜胸部——自己的，还有许多别人的——窄些；不完全裸体也是个缺欠"中国希腊"，窄胸喘不过气儿来的阿波罗！

　　无论如何，中国总算是有了进步。丁——中国的阿波罗——把头慢慢的放在湿软的沙上，很懒，脑子还清楚、有美、有思想。闭上眼，刚才看见的许多女神重现在脑中，有了进步！那个象高中没毕业的女学生！她妈妈也许还裹着小脚。健康美，腿！进步！小脚下海，呕，国耻！

　　背上太潮。新的浴衣贴在身上，懒得起来，还是得起，海空气会立刻把背上吹干。太阳很厉害，虽然不十分热。得买黑眼镜——中山路药房里，圆的，椭圆的，放在阿司匹灵的匣子上。眼圈发干，海水里有盐，多喝两口海水，吃饭时可以不用吃咸菜；不行，喝了海水会疯的，据说：喝满了肚，啊，报上——什么地方都有《民报》；是不是一个公司的？——不是登着，二十二岁的少年淹死；喝满了肚皮，危险，海绿色的死！

　　炮台，一片绿，看不见炮，绿得诗样的美；是的，杀人时是红的，闲着便是绿的，象口痰。捶了胸口一拳，肺太窄，是不是肺病？没的事。帆船怪好看，找个女郎，就这么都穿着浴衣，坐一只小帆船，飘，飘，飘到岛的那边去；那个岛，象蓝纸上的一个苍蝇；比拟得太脏一些！坐着小船，摸着……浪漫！不，还是上劳山，有洋式的饭店。洋式的，什么都是洋式的，中国有了进步！

　　一对美国水兵搂着两个妓女在海岸上跳。背后走过一个妇人，哪国的？腿有大殿的柱子那样粗。一群男孩子用土埋起一个小女孩，只剩了头，"别！别！"尖声的叫。海哗啦了几下，音乐，呕，茶舞。哼，美国水兵浮远了。跳板上正有人往下跳，远远的，先伸平了胳臂，象十字架上的耶稣；溅起水花，那里必定很深，救生船。啊，哪个胖子是有道理的，脖子上套着太平圈，象条大绿蟒。青岛大概没有毒蛇？印度。一位赤脚而没穿浴衣的在水边上走，把香烟头扔在沙上，丁看了看铁篮——果皮零碎，掷入篮内。中国没进步多少！"哈喽，丁，"从海里爬出个人鱼。

妓女拉着水兵也下了水，传染，应当禁止。

"孙！"丁露出白牙；看看两臂，很黑；黑脸白牙，体面不了；浪漫？

胖妇人下了海，居然也能浮着，力学，力学，怎么来着？呕，一入社会，把书本都忘了！过来一群学生，一个个黑得象鬼，骨头把浴衣支得净是棱角。海水浴，太阳浴，可是吃的不够，营养不足，一口海水，准死，问题！早晚两顿窝窝头，练习跑万米！

"怎着，丁？"孙的头发一缕一缕的流着水。

"来歇歇，不要太努力，空气硬，海水硬！"丁还想着身体问题；中国人应当练太极拳，真的。

走了一拨儿人，大概是一家子：四五个小孩，都提着小铁筒；四十多岁的一个妇人，改组脚，踵印在沙上特别深；两位姑娘，孙的眼睛跟着她们；一位五十多的男子，披着绣龙的浴袍。退职的军官！

岛那边起了一片黑云，炮台更绿了。

海里一起一浮，人头，太平圈，水沫，肩膀，尖尖的呼叫；黄头发的是西洋人，还看得出男女来。都动，心里都跳得快一些，不知成全了多少情侣，崂山，小船，饭店；相看好了，浑身上下，巡警查旅馆，没关系。

孙有情人。丁主张独身，说不定遇见理想的女郎也会结婚的。不，独身好，小孩子可怕。一百五，自己够了；租房子，买家具，雇老妈，生小孩，绝不够。性欲问题。解决这个问题，不必结婚。社会，封建思想，难！向哪个女的问一声也得要钻石戒指！

"孙，昨晚上你哪儿去了？"想着性欲问题。

"秉烛夜游，良有以也。"孙坐在丁旁边。退职的军官和家小已经不见了。

丁笑了，孙荒唐鬼，也挣一百五！还有情人。

不，孙不荒唐。凡事揩油；住招待所，白住；跟人家要跳舞票；白坐公众汽车，火车免票；海水浴不花钱，空气是大家的；一碗粥，二十锅贴，连小帐一角五；一角五，一百五，他够花的，不荒唐，狡猾！

"丁，你的照像匣呢？"

"没带着。"

"明天用，上崂山，坐军舰去。"孙把脚埋在沙子里。

水兵上来了，臂上的刺花更蓝了一些，妓女的腿上有些灰癣，象些苔痕。

胖妇人的脸红得象太阳，腿有许多许多肉摺，刚捆好的肘子。

又走了好几群人，太阳斜了下去，走了一只海船，拉着点白线，金红的烟筒。

"孙，你什么时候回去？还有三天的假，处长可厉害！""我，黄鹤一去不复返，来到青岛，住在青岛，死于青岛，三岛主义，不想回去！"

那个家伙象刘，不是。失望！他乡遇故知。刘，幼年的同学，快乐的时期，一块跑得象对儿野兔。中学，开始顾虑，专门学校，算术不及格，毕了业。一百五，独身主义，不革命，爱国，中国有进步。水灾，跳舞赈灾，孙白得两张票；同女的一块去，一定！

"李处长？"孙想起来了："给我擦屁股，不要！告诉你，弄个阔女的，有了一切！你，我，专门学校毕业，花多少本钱？有姑娘的不给咱们给谁？咱们白要个姑娘么？你明白。中国能有希望，只要我们舒舒服服的替国家繁殖，造人。要饭的花子讲究有七八个，张公道，三十五，六子有靠；干什么？增加土匪，洋车夫。我们，我们不应当不对社会负责任，得多来儿女，舒舒服服的连丈人带夫人共值五十万，等于航空奖券的特奖！明白？"

"该走喽。"丁立起来。

"败败！估败！"孙坐着摇摇手，太阳光照亮他的指甲。"明天这儿见！估拉克！"

丁望了望，海中人已不多，剩下零散的人头，与救生船上的红旗，一块上下摆动，胖妇人，水兵，妓女，都不见了。音乐，

远处有人吹着口琴。他去换衣服，噗—嘎—嘟嘟！马路上的汽车
接连不断。

　　出来，眼角上撩到一个顶红的嘴圈，上边一鼓一鼓的动，口
香糖。过去了。腿，整个的黄脊背，高底鞋，脚踵圆亮得象个新
下的鸡蛋。几个女学生唧唧的笑着，过去了。他提着湿的浴衣，
顺着海滨公园走。大叶的洋梧桐摇着金黄的阳光，松把金黄的斜
日吸到树干上；黄石，湿硬，看着白的浪花。

　　一百五。过去的渺茫，前游……海，山，岛，黄湿硬白浪的
石头，白浪。美，美是一片空虑。事业，建设，中国的牌楼，洋
房。跑过一条杂种的狗。中国有进步。肚中有点饿，黄花鱼，
大虾，中国渔业失败，老孙是天才，国亡以后，他会白吃黄花
鱼的。到哪里去吃晚饭？寂寞！水手拉着妓女，退职军官有妻
子，老孙有爱人。丁只有一身湿的浴衣。皮肤黑了也是成绩。回
到公事房去，必须回去，青岛不给我一百五。公事房，烟，纸，
笔，闲谈，闹意见。共计一百五十元，扣所得税二元五角，支票
一百四十七元五角，邮政储金二十五元零一分。把湿浴衣放在黄
石上，他看着海，大自然的神秘。海阔天空，从袋中掏出漆盒，
只剩了一支"小粉"包，没有洋火！海空气太硬，胸窄一点，把
漆盒和看家的那支烟放回袋里。手插在腰间，望着海，山，远
帆，中国的阿波罗！…………

番表——在火车上

　　我俩的卧铺对着脸。他先到的。我进去的时候，他正在和茶房捣乱；非我解决不了。我买的是顺着车头这面的那张，他的自然是顺着车尾。他一定要我那一张，我进去不到两分钟吧，已经听熟了这句："车向哪边走，我要哪张！"茶房的一句也被我听熟了："定的哪张睡哪张，这是有号数的！"只看我让步与否了。我告诉了茶房："我在哪边也是一样。"

　　他又对我重念了一遍："车向哪边走，我就睡哪边！""我翻着跟头睡都可以！"我笑着说。

　　他没笑，眨巴了一阵眼睛，似乎看我有点奇怪。

　　他有五十上下岁，身量不高，脸很长，光嘴巴，唇稍微有点包不住牙；牙很长很白，牙根可是有点发黄，头剃得很亮，眼睛时时向上定一会儿，象是想着点什么不十分要紧而又不愿忽略过去的事。想一会儿，他摸摸行李，或掏掏衣袋，脸上的神色平静了些。他的衣裳都是绸子的，不时髦而颇规矩。

对了，由他的衣服我发现了他的为人，凡事都有一定的讲究与规矩，一点也不能改。睡卧铺必定要前边那张，不管是他定下的不是。

车开了之后，茶房来铺毯子。他又提出抗议，他的枕头得放在靠窗的那边。在这点抗议中，他的神色与言语都非常的严厉，有气派。枕头必放在靠窗那边是他的规矩，对茶房必须拿出老爷的派头，也是他的规矩。我看出这么点来。

车刚到丰台，他嘱咐茶房："到天津，告诉我一声！"

看他的行李，和他的神气，不象是初次旅行的人，我纳闷为什么他在这么早就张罗着天津。又过了一站，他又嘱咐了一次。茶房告诉他："还有三点钟才到天津呢。"这又把他招翻："我告诉你，你就得记住！"等茶房出去，他找补了声："混账！"

骂完茶房混账，他向我露了点笑容；我幸而没穿着那件蓝布大衫，所以他肯向我笑笑，表示我不是混账。笑完，他又拱了拱手，问我"贵姓？"我告诉了他；为是透着和气，回问了一句，他似乎很不愿意回答，迟疑了会儿才说出来。待了一会儿，他又问我："上哪里去？"我告诉了他，也顺口问了他。他又迟疑了半天，笑了笑，定了会儿眼睛："没什么！"这不象句话。我看出来这家伙处处有谱儿，一身都是秘密。旅行中不要随便说出自己的姓，职业，与去处；怕遇上绿林中的好汉；这家伙的时代还是《小五义》的时代呢。我忍不住的自己笑了半天。

到了廊房，他又嘱咐茶房："到天津，通知一声！""还有一点多钟呢！"茶房瞭了他一眼。

这回，他没骂"混账"，只定了会儿眼睛。出完了神，他慢慢的轻轻的从铺底下掏出一群小盒子来：一盒子饭，一盒子煎鱼，一盒子酱菜，一盒子炒肉。叫茶房拿来开水，把饭冲了两过，而后又倒上开水，当作汤，极快极响的扒搂了一阵。这一阵过去，偷偷的夹起一块鱼，细细的咂，咂完，把鱼骨扔在了我的铺底下。又稍微一定神，把炒肉拨到饭上，极快极响的又一阵。头上出了汗。喊茶房打手巾。吃完了，把小盒中的东西都用筷子整理好，都闻了闻，郑重的放在铺底下，又叫茶房打手巾。擦完脸，从袋中掏出银的牙签，细细的剔着牙，剔到一段落，就深长饱满的打着响嗝。

"快到天津了吧？"这回是问我呢。

"说不甚清呢。"我这回也有了谱儿。

"老兄大概初次出门？我倒常来常往！"他的眼角露出轻看我的意思。

"嗳，"我笑了："除了天津我全知道！"

他定了半天的神，没说出什么来。

查票。他忙起来。从身上掏出不知多少纸卷，一一的看过，而后一一的收起，从衣裳最深处掏出，再往最深处送回，我很怀疑是否他的胸上有几个肉袋。最后，他掏出皮夹来，很厚很旧，用根鸡肠带捆着。从这里，他拿出车票来，然后又掏出个纸卷，从纸卷中捡出两张很大，盖有血丝胡拉的红印的纸来。一张写着——我不准知道——象蒙文，那一张上的字容或是梵文，我说不清。把车票放在膝上，他细细看那两张文书，我看明白了：车票是半价票，一定和那两张近乎李白醉写的玩艺有关系。查票的进来，果然，他连票带表全递过去。

下回我要再坐火车，我当时这么决定，要不把北平图书馆存着的档案拿上几张才怪！

车快到天津了，他忙得不知道怎好了，眉毛拧着，长牙露着，出来进去的打听："天津吧？"仿佛是怕天津丢了似的。茶房已经起誓告诉他："一点不错，天津！"他还是继续打听。入了站，他急忙要下去，又不敢跳车，走到车门又走了回来。刚回来，车立定了，他赶紧又往外跑，恰好和上来的旅客与脚夫顶在一处，谁也不让步，激烈的顶着。在顶住不动的工夫，他看见了站台上他所要见的人。他把嘴张得象无底的深坑似的，拼命的喊："凤老！凤老！"

凤老摇了摇手中的文书，他笑了；一笑懈了点劲，被脚夫们给挤在车窗上绷着。绷了有好几分钟，他钻了出去。看，这一路打拱作揖，双手扯住凤老往车上让，仿佛到了他的家似的，挤撞拉扯，千辛万苦，他把凤老拉了上来。忙着倒茶，把碗中的茶底儿泼在我的脚上。

坐定之后，凤老详细的报告：接到他的信，他到各处去取文书，而后拿着它们去办七五折的票。正如同他自己拿着的番表，只能打这一路的票；他自己打到天津，北宁路；凤老给打到浦口，津浦路；京沪路的还得另打；文书可已经备全了，只须在浦口停一停，就能办妥减价票。说完这些，凤老交出文书，这是津浦路的，那是京沪路的。这回使我很失望，没有藏文的。张数可是很多，都盖着大红印，假如他愿意卖的话，我心里想，真想买他两张，存作史料。

他非常感激凤老，把文书车票都收入衣服的最深处，而后从枕头底下搜出一个梨来，非给凤老吃不可。由他们俩的谈话中，我听出点来，他似乎是司法界的，又似乎是作县知事的，我弄不清楚，因为每逢凤老要拉到肯定的事儿上去，他便瞭我一眼，把话岔开。凤老刚问到，唐县的情形如何，他赶紧就问五嫂子好？凤老所问的都不得结果，可是我把凤老家中有多少人都听明白了。

　　最后，车要开了，凤老告别，又是一路打拱作揖，亲自送下去，还请凤老拿着那个梨，带回家给小六儿吃去。

　　车开了，他扒在玻璃上喊："给五嫂子请安哪！"车出了站，他微笑着，掏出新旧文书，细细的分类整理。整理得差不多了，他定了一会儿神，喊茶房："到浦口，通知一声！"

狗之晨

东方既明，宇宙正在微笑，玫瑰的光吻红了东边的云。大黑在窝里伸了伸腿；似乎想起一件事，啊，也许是刚才作的那个梦；谁知道，好吧，再睡。门外有点脚步声！耳朵竖起，象雨后的两枝慈姑叶；嘴，可是，还舍不得项下那片暖，柔，有味的毛。眼睛睁开半个。听出来了，又是那个巡警，因为脚步特别笨重，闻过他的皮鞋，马粪味很大；大黑把耳朵落下去，似乎以为巡警是没有什么趣味的东西。但是，脚步到底是脚步声，还得听听；啊，走远了。算了吧，再睡。把嘴更往深里顶了顶，稍微一睁眼，只能看见自己的毛。

刚要一迷糊，哪来的一声猫叫？头马上便抬起来。在墙头上呢，一定。可是并没看到；纳闷：是那个黑白花的呢，还是那个狸子皮的？想起那狸子皮的，心中似乎不大起劲；狸子皮的抓破过大黑的鼻子；不光荣的事，少想为妙。还是那个黑白花的吧，那天不是大黑几乎把黑白花的堵在墙角么？这么一想，喉咙立刻痒了一下，向空中叫了两声。"安顿着，大黑！"屋中老太太这么喊。

大黑翻了翻眼珠，老太太总是不许大黑咬猫！可是不敢再作声，并且向屋子那边摇了摇尾巴。什么话呢，天天那盆热气腾腾的食是谁给大黑端来？老太太！即使她的意见不对也不能得罪她，什么话呢，大黑的灵魂是在她手里拿着呢。她不准大黑叫，大黑当然不再叫。假如不服从她，而她三天不给端那热腾腾的食来？大黑不敢再往下想了。

似乎受了刺激，再也睡不着；咬咬自己的尾巴，大概是有个狗蝇，讨厌的东西！窝里似乎不易找到尾巴，出去。在院里绕着圆圈找自己的尾巴，刚咬住，"不棱"，又被（谁？）夺了走，再绕着圈捉。有趣，不觉得嗓子里哼出些音调。"大黑！"

老太太真爱管闲事啊！好吧，夹起尾巴，到门洞去看看。坐在门洞，顺着门缝往外看，喝，四眼已经出来遛早了！四眼是老朋友：那天要不幸亏是四眼，大黑一定要输给二青的！二青那小子，处处是大黑的仇敌：抢骨头，闹恋爱，处处他和大黑过不去！假如那天他咬住大黑的耳朵？十分感激四眼！"四眼！"

热情地叫着。四眼正在墙根找到包箱似的方便所在，刚要抬腿；
"大黑，快来，到大院去跑一回？"

大黑焉有不同意之理，可是，门，门还关着呢！叫几声试试，也许老头就来开门。叫了几声，没用。再试试两爪，在门上抓了一回，门纹丝没动！

眼看着四眼独自向大院跑去！大黑真急了，向墙头叫了几声，虽然明知道自己没有上墙的本领。再向门外看看，四眼已经没影了。可是门外走着个叫花子，大黑借此为题，拼命的咬起来。大黑要是有个缺点，那就是好欺侮苦人。见汽车快躲，见穷人紧追，大黑几乎由习惯中形成这么两句格言。叫花子也没影了，大黑想象着狂咬一番，不如是好象不足以表示出自己的尊严，好在想象是不费什么实力的。

大概老头快来开门了，大黑猜摸着。这么一想，赶紧跑到后院去，以免大清早晨的就挨一顿骂。果然，刚到后院，就听见老头儿去开街门。大黑心中暗笑，觉得自己的智慧足以使生命十分有趣而平安。

等到老头又回到屋中，大黑轻轻的顺着墙根溜出去。出了街门，抖了抖身上的毛，向空中闻了闻，觉得精神十分焕发。然后又伸了个懒腰，就手儿在地上磨了磨脚指甲，后腿蹬起许多的土，沙沙的打在墙上，非常得意。在门前蹲坐起来，耳朵立着，坐着比站着身量高，加上两个竖立的耳朵，觉得自己很伟大而重要。

刚这么坐好，黄子由东边来了。黄子是这条胡同里的贵族，身量大，嘴是方的，叫的声音瓮声瓮气。大黑的耳朵渐渐往下落，心里嘀咕：还是坐着不动好呢，还是向黄子摆摆尾巴好呢，还是以进为退假装怒叫两声呢？他知道黄子的厉害，同时，又要顾及自己的尊严。他微微的回了回头，呕，没关系，坐在自己家门口还有什么危险？耳朵又微微的往上立，可是其余的地方都没敢动。

黄子过来了！在离大黑不远的一个墙角闻了闻，好象并没注意大黑。大黑心中同时对自己下了两道命令："跑！""别动！"

黄子又往前凑了凑，几乎是要挨着大黑了。大黑的胸部有些颤动。可是黄子还好似没看见大黑，昂然走过去。他远了，大黑开始觉得不是味道：为什么不乘着黄子没防备好而扑过去咬他一口？十分的可耻，那样的怕黄子。大黑越想越看不起自己。为发泄心中的怒气，开始向空中瞎叫。继而一想，万一把黄子叫回来呢？登时立起来，向东走去，这样便不会和黄子走个两碰头。

大黑不象黄子那样在道路当中卷起尾巴走。而是夹着尾巴顺墙根往前溜；这样，如遇上危险，至少屁股可以拿墙作后盾，减少后方的防务。在这里就可以看出大黑并不"大"；大黑的"大"和小花的"小"，都不许十分叫真的。可是他极重视这个"大"字，特别和他主人在一块的时候，主人一喊"大"黑，他便觉得自己至少有骆驼那么大，跟谁也敢拼一拼。就是主人不在眼前的时候，他也不敢承认自己是小。因为连不敢这么承认还不肯卷起尾巴走路呢；设若根本的自认渺小，那还敢出来走走吗。"大"字是他的主心骨。"大"字使他对小哈巴狗，瘦猫，叫花子，敢张口就咬；"大"字使他有时候对大狗——象黄子之类的——也敢露一露牙，和嗓子眼里细叫几声；而且主人在跟前的时候"大"字使他甚至于敢和黄子干一仗，虽明知必败，而不得不这样牺牲。狗的世界是不和平的，大黑专仗着这个"大"字去欺软怕硬的享受生命。

大黑的长相也不漂亮，而最足自馁的是没有黄子那样的一张方嘴。狗的女性们，把吻永远白送给方嘴；大黑的小尖嘴，猛看象个子粒不足的"老鸡头"，就是把舌头伸出多长，她们连向他笑一下都觉得有失尊严。这个，大黑在自思自叹的时候，不能不归罪于他的父母。虽然老太太常说，大黑的父亲是饭庄子的那个小驴似的老黑，他十分怀疑这个说法。况且谁是他的母亲？没人知道！大黑没有可靠的家谱作证，所以连和四眼谈话的时候，也不提家事；大黑十分伤心。更不敢照镜子；地上有汪水，他都躲开。对于大黑，顾影是不能引起自怜的。那条尾巴！细，软，毛儿不多，偏偏很长，就是卷起来也不威武，况且卷着还很费事；老得夹着！大黑到了大院。四眼并没在那里。大黑赶紧往四下看看，好在二青什么的全没在那里，心里安定了些。由走改为小跑，觉得痛快。好象二青也算不了什么，而且有和二青再打一架的必要。再和二青打的时候，顶好是咬住他一个地方，死不撒嘴，这样必能致胜。打倒了二青，再联络四眼战败黄子，大黑便可以称雄了。

远处有吠声，好几个狗一同叫呢。细听，有她的声音！她，小花！大黑向她伸过多少回舌头，摆过多少回尾巴；可是她，她连正眼瞧大黑一眼也不瞧！不是她的过错；战败二青和黄子，她自然会爱大黑的。大黑决定去看看，谁和小花一块唱恋歌呢。快跑。别，跑太快了，和黄子碰个头，可不得了；谨慎一些好。四六步的跑。

看见了：小花，喝，围着七八个，哪个也比大黑个子大，声音高！无望！不便于过去。可是四眼也在那边呢；四眼敢，大黑为何不敢？可是，四眼也个子不小哇，至少四眼的尾巴卷得有个样儿。有点恨四眼，虽然是好朋友。

大黑叫开了。虽然不敢过去，可是在远处示威总比那一天到晚闷在家里的小哈巴狗强多了。那边还有个小板凳狗，安然的在家门口坐着，连叫也不敢叫；大黑的身份增高了很多，凡事就怕比较。

那群大狗打起来了。打得真厉害，啊，四眼倒在底下了。哎呀四眼；呕，活该；到底他已闻了小花一鼻子。大黑的嫉妒把友谊完全忘了。看，四眼又起来了，扑过小花去了，大黑的心差点跳出来了，自己耗着转了个圆圈。啊，好！小花极骄慢的躲开四眼。好，小花，大黑痛快极了。

那群大狗打过这边来了，大黑一边看着一边退步，心里说：别叫四眼看见，假如一被看见，他求我帮忙，可就不好办了。往后退，眼睛呆看着小花，她今天特别的骄傲，好看。大黑恨自己！退得离小板凳狗不远了，唉，拿个小东西杀杀气吧！闻了小板凳一下，小板凳跳起来，善意的向大黑腿部一扑，似乎是要和大黑玩耍玩耍。大黑更生气了：谁和你个小东西玩呢？牙露出来，耳朵也立起来示威。小板凳真不知趣：轻轻抓了地几下，腰儿塌着，尾巴卷着直摆。大黑知道这个小东西是不怕他，嘴张开了，预备咬小东西的脖子。正在这个当儿，大狗们跑过来了。小板凳看着他们，小嘴儿撅着巴巴的叫起来，毫无惧意。大黑转过身来，几乎碰着黄子的哥哥，比黄子还大，鼻子上一大道白，这白鼻梁看着就可怕！大黑深恐小板凳的吠声引起他们的注意，而把大黑给围在当中。可是他们只顾追着小花，一群野马似的跑了过去，似乎谁也没有看到大黑。大黑的耻辱算是到了家，他还不如小板凳硬气呢！

似乎得设法叫小板凳看出大黑是和那群大狗为伍的：好吧，向前赶了两步，轻轻的叫了两声，瞭了小板凳一眼，似乎是说：你看，我也是小花的情人；你，小板凳，只配在这儿坐着。

风也似的，小花在前，他们在后紧随，又回来了！躲是来不及了，大黑的左右都是方嘴——都大得出奇！他们全身没有一根毛能舒坦的贴着肉皮子，全离心离骨的立起来。他的腿好象抽出了骨头，只剩下些皮和筋，而还要立着！他的尖嘴向四围纵纵着，只露出一对大牙。他的尾巴似乎要挤进肚皮里去。他的腰躬着，可是这样缩短，还掩不住两旁的筋骨。小花，好象是故意的，挤了他一下。他一点也不觉得舒服，急忙往后退。后腿碰着四眼的头。四眼并没招呼他。

一阵风似的，他们又跑远了。大黑哆嗦着把牙收回嘴中去，把腰平伸了伸，开始往家跑。后面小板凳追上来，一劲巴巴的叫。大黑回头龇了龇牙：干吗呀，你！似乎是说。

回到家中，看了看盆里，老太太还没把食端来。倒在台阶上，舐着腿上的毛。

"一边去！好狗不挡道，单在台阶上趴着！"老太太喊。翻了翻白眼，到墙根去卧着。心中安定了，开始设想：假如方才不害怕，他们也未必把我怎样了吧！后悔：小花挤了我一下，假使乘那个机会……决定不行，决定不行！那个小板凳！焉知小板凳不是个女性呢，竟自忘了看！谁和小板凳讲交情呢！

　　门外有人拍门。大黑立刻精神起来，等着老太太叫大黑。

　　"大黑！"

　　大黑立刻叫起来，往下扑着叫，觉得自己十二分的重要威严。老太太去看门，大黑跟着，拼命的叫。

　　送信的。大黑在老太太脚前扑着往外咬。邮差安然不动。

　　老太太踢了大黑一腿："怎这么讨厌，一边去！"

　　大黑不敢再叫，随着老太太进来，依旧卧在墙根。肚中发空，眼瞭着食盆，把一切都忘了，好象大黑的生命存在与否只看那个黑盆里冒热气不冒！

记懒人

一间小屋，墙角长着些兔儿草，床上卧着懒人。他姓什么？或者因为懒得说，连他自己也记不清了。大家只呼他为懒人，他也懒得否认。

在我的经验中，他是世上第一个懒人，因此我对他很注意：能上"无双谱"的总该是有价值的。

幸而人人有个弱点，不然我便无法与他来往；他的弱点是喜欢喝一盅。虽然他并不因爱酒而有任何行动，可是我给他送酒去，他也不坚持到底的不张开嘴。更可喜的是三杯下去，他能暂时的破戒——和我说话。我还能舍不得几瓶酒么？所以我成了他的好友。自然我须把酒杯满上，送到他的唇边，他才肯饮。为引诱他讲话，我能不殷勤些？况且过了三杯，我只须把酒瓶放在他的手下，他自己便会斟满的。

他的话有些，假如不都是，很奇怪可喜的。而且极其天真，因为他的脑子是懒于搜集任何书籍上的与旁人制造的话的。他没有常识，因此他不讨厌。他确是个宝贝，在这可厌的社会中。

据他说，他是自幼便很懒的。他不记得他的父亲是黄脸膛还是白净无须：他三岁的时候，他的父亲死去；他懒得问妈妈关于爸爸的事。他是妈妈的儿子，因为她也是懒得很有个模样儿。旁的妇女是孕后九或十个月就生产。懒人的妈妈怀了他一年半，因为懒得生产。他的生日，没人晓得；妈妈是第一个忘记了它，他自然想不起问。

他的妈妈后来也死了，他不记得怎样将她埋葬。可是，他还记得妈妈的面貌。妈妈，虽在懒人的心中，也难免被想念着；懒人借着酒力叹了一口十年未曾叹过的气；泪是终于懒得落的。

他入过学。懒得记忆一切，可是他不能忘记许多小四方块的字，因为学校里的人，自校长至学生，没有一个不象活猴儿，终日跳动；所以他不能不去看那些小四方块，以得些安慰。最可怕的记忆便是"学生"。他想不出为何他的懒妈将他送入学校去，或者因为他入了学，她可以多心静一些？苦痛往往逼迫着人去记忆。他记得"学生"——一群推他打他挤他踢他骂他笑他的活猴子。他是一块木头。被猴子们向四边推滚。他似乎也毕过业，但是懒得去领文凭。"老子的心中到底有个'无为'萦绕着,我连个针尖大的理想也没有。"他已饮了半瓶白酒,闭着眼说。"人类的纷争都是出于好事好动:假如人都变成桂树或梅花,世上当怎样的芬香静美?"我故意诱他说话。

他似乎没有听见,或是故意懒得听别人的意见。

我决定了下次再来,须带白兰地;普通的白酒还不够打开他的说话机关的。

白兰地果然有效,他居然坐起来了。往常他向我致敬只是闭着眼,稍微动一动眉毛。然后,我把酒递到他的唇边,酒过三杯,他开始讲话,可是始终是躺在床上不起来。酒喝足了,在我告辞之际,他才肯指一指酒瓶,意思是叫我将它挪开;有的时候他连指指酒瓶都觉得是多事。

白兰地得着了空前的胜利,他坐起来了!我的惊异就好似看见了死人复活。我要盘问他了。

"朋友,"我的声音有点发颤,大概因为是有惊有喜,"朋友,在过去的经验中,你可曾不懒过一天或一回没有呢?""天下有多少事能叫人不懒一整天呢?"他的舌头有点僵硬。我心中更喜欢了:被酒激硬的舌头是最喜欢运动的。"那么,不懒过一回没有呢?"

他没当时回答我。我看得出,他是搜寻他的记忆呢。他的脸上有点很近于笑的表示——这不过是我的猜测，我没见过他怎样笑。过了好久，他点了点头，又喝下一杯酒，慢慢的说：

"有过一次。许久许久以前的事了。设若我今年是四十岁——没心留意自己的岁数——那必是我二十来岁的事了。"

他又停顿住了。我非常的怕他不再往下说，可是也不敢促迫他；我等着，听得见我自己的心跳。

"你说，什么事足以使懒人不懒一次。"他猛孤丁的问了我一句。

我一时找不到相当的答案；不知道是怎么想起来的，我这么答对了他：

"爱情，爱情能使人不懒。"

"你是个聪明人！"他说。

我也吞了一大口白兰地，我的心几乎要跳出来。

他的眼合成一道缝，好象看着心中正在构成着的一张图画。然后向自己念道："想起来了！"

我连大气也不敢出的等着。

"一株海棠树，"他大概是形容他心里哪张画，"第一次见着她，便是在海棠树下。开满了花，象蓝天下的一大团雪，围着金黄的蜜蜂。我与她便躺在树下，脸朝着海棠花，时时有小鸟踏下些花片，象些雪花，落在我们的脸上，她，那时节，也就是十几岁吧，我或者比她大一些。她是妈妈的娘家的；不晓得怎样称呼她，懒得问。我们躺了多少时候？我不记得。只记得那是最快活的一天：听着蜂声，闭着眼用脸承接着花片，花荫下见不着阳光，可是春气吹拂着全身，安适而温暖。我们俩就象埋在春光中的一对爱人，最好能永远不动，直到宇宙崩毁的时候。她是我理想中的人儿。她和妈妈相似——爱情在静里享受。别的女子们，见了花便折，见了镜子就照，使人心慌意乱。她能领略花木样的恋爱；我是讨厌蜜蜂的，终日瞎忙。可是在那一天，蜜蜂确是不错，它们的嗡嗡使我半睡半醒，半死半生；在生死之间我得到完全的恬静与快乐。这个快乐是一睁开眼便会失去的。"

他停顿了一会儿，又喝了半杯酒。他的话来得流畅轻快了："海棠花开残，她不见了。大概是回了家，大概是。临走的那一天，我与她在海棠树下——花开已残，一树的油绿叶儿，小绿海棠果顶着些黄须——彼此看着脸上的红潮起落，不知起落了多少次。我们都懒得说话。眼睛交谈了一切。""她不见了，"他说得更快了。"自然懒得去打听，更提不到去找她。想她的时候，我便在海棠树下静卧一天。第二年花开的时候，她没有来，花一点也不似去年那么美了，蜂声更讨厌。"

这回他是对着瓶口灌了一气。

"又看见她了，已长成了个大姑娘。但是，但是，"他的眼似乎不得力的眨了几下，微微有点发湿，"她变了。她一来到，我便觉出她太活泼了。她的话也很多，几乎不给我留个追想旧时她怎样静美的机会了。到了晚间，她偷偷的约我在海棠树下相见。我是日落后一向不轻动一步的，可是我答应了她；爱情使人能不懒了，你是个聪明人。我不该赴约，可是我去了。她在树下等着我呢。'你还是这么懒？'这是她的第一句话，我没言语。'你记得前几年，咱们在这花下？'她又问，我点了点头——出于不得已。'唉！'她叹了一口气，'假如你也能不懒了；你看我！'我没说话。'其实你也可以不懒的；假如你真是懒得到家，为什么你来见我？你可以不懒！咱们——'她没往下说，我始终没开口，她落了泪，走开。我便在海棠下睡了一夜，懒得再动。她又走了。不久听说她出嫁了。不久，听说她被丈夫给虐待死了。懒是不利于爱情的。但是，她，她因不懒而丧了一朵花似的生命！假如我听她的话改为勤谨，也许能保全了她，可也许丧掉我的命。假如她始终不改懒的习惯，也许我们到现在还是同卧在海棠花下，虽然未必是活着，可是同卧在一处便是活着，永远的活着。只有成双作对才算爱，爱不会死！"

"到如今你还想念着她？"我问。

"哼，那就是那次破了懒戒的惩罚！一次不懒，终身受罪；我还不算个最懒的人。"他又卧在床上。

　　我将酒瓶挪开。他又说了话："假如我死去——虽然很懒得死——请把我埋在海棠花下，不必费事买棺材。我懒得理想，可是既提起这件事，我似乎应当永远卧在海棠花下——受着永远的惩罚！"

　　过了些日子，我果然将他埋葬了。在上边临时种了一株海棠；有海棠树的人家没有允许我埋人的。

民主世界

一

我们这里所说的"世界"，事实上不过是小小的一个乡镇，在战前，镇上也不过只有几十户人家；它的"领空"，连乌鸦都不喜轻易的飞过，因为这里的人少，地上也自然没有多余的弃物可供乌鸦们享用的。

可是从抗战的第二年起，直到现在，这小镇子天天扩大，好象面发了酵似的一劲儿往外膨胀，它的邮政代办所已改了邮局，它的小土地祠已变为中学校，它的担担面与抄手摊子已改为锅勺乱响的饭馆儿，它有了新的街道与新的篾片涂泥的洋楼。它的老树上已有了栖鸦。它的住户已多数的不再头缠白布，赤脚穿草鞋，而换上了呢帽与皮鞋，因为新来的住户给它带来香港与上海的文化。在新住户里，有的是大公司的经理，有的是立法院或监察院的委员，有的是职业虽不大正常，倒也颇发财，冬夏常青的老穿着洋服喷啧的。

我们就把这镇子，叫作金光镇吧。它的位置，是在重庆郊外。不过把它放在成都，乐山，或合川附近，也无所不可。我们无须为它去详查地图和古书，因为它既不是军事要地，也没有什么秦砖汉瓦和任何古迹的。它的趣味，似乎在于"新"而不在于"旧"。若提到"旧"，那座小土地祠，或者是唯一的古迹，而它不是已经改为中学校，连神龛的左右与背后，都贴上壁报了么？

因此，我们似乎应当更注意它的人事。至于它到底是离重庆有二十或五十里地，是在江北岸还是南岸，倒没多大关系了。

好，让我们慢慢的摆龙门阵似的，谈谈它的人事吧。说到人事，我们首要的注意到这里的人们的民主精神。将来的世界，据说，是民主的世界。那么，金光镇上的人们，既是良好的公民，又躲藏在这里参与了民主与法西斯的战斗，而且是世界和平的柱石，我们自然没法子不细看看他们的民主精神了。

我们想起什么，就说什么，次序的先后是毫不重要的；在民主世界里，不是人人事事一律平等的么？

让我们先说水仙馆的一个小故事吧。

水仙馆是抗战第四年才成立的一个机关。这是个学术研究，而又兼有实验实用的机关。设有正副馆长，和四科，每科各有科长一人，科员若干人；此外还有许多干事，书记，与工友。四科是总务科，人事科，研究科，与推广科。总务科与人事科的事务用不着多说，因为每个机关，都有这么两科。研究科是专研究怎样使四川野产的一包一茎的水仙花，变成象福建产的大包多茎的水仙花，并且搜集中外书籍中有关于水仙的记载，作一部水仙大辞典。这一科的科员，干事，书记与工友比别科多着两三倍，因为工作繁重紧要。这一科里的科员，乃至于干事，都是学者。他们的工作目的是双重的。第一，是为研究而研究；研究水仙花正如同研究苹果、小麦与天上的彗星；研究是为发扬真理，而真理无所不在。第二，是为改良水仙花种，可以推销到各省，甚至于国外去，以便富国裕民。假若他们在水仙包里，能发现一种维他命，或者它就可以和洋芋与百合，异曲同工，而增多了农产。

研究的结果，由推广科去宣传、推销，并与全世界的水仙专家，交换贤种。

水仙馆自成立到现在，还没有找到一颗水仙。馆长是蒙古人，没看见过水仙，而研究员们所找到的标本，一经签呈上去，便被馆长批驳："其形如蒜，定非水仙，应再加意搜集鉴别。"

副馆长呢，是山东人，虽然认识水仙，可是"其形如蒜"一语，伤了他的心。山东人喜欢吃蒜，所以他以为研究与蒜相似的东西，是有意讽刺他。因此，他不常到馆里来，而只把平价米领到家中去，偷偷的在挑拣秕子的时候，吃几瓣大蒜。

馆里既然连一件标本还没有，大家的工作自然是在一天签两次到，和月间领薪领米之外，只好闲着。在闲得腻烦了的时候，大家就开一次会议；会议完了，大家都感到兴奋与疲乏，而且觉得平价米确实缺乏着维他命的。

不过，无论怎么说吧，这个机关，比起金光镇的其他机关，总算是最富于民主精神的，因为第一，这里有许多学者，而学者总是拥护自由与平等的，第二，馆长与副馆长，在这三四年来，只在发脾气的时候，用手杖打过工友们的脑壳，而没有打过科长科员，这点精神是很可佩服的。

在最近的两次会议上，大家的民主精神，表现得特别的明显。第一次会议，由研究科的科长提议："以后工友对职员须改呼老爷以别尊卑，而正名位。"提案刚一提出，就博得出席人员全体的热烈拥护。大家鼓掌，并且做了一分钟的欢呼。议案通过。

第二次会议，由馆长提议，大门外增设警卫。他的理由充足，说明议案的辞藻也极漂亮而得体："诸位小官们，本大官在这金光镇上已住了好几年，论身份，官级，学问，本大官并不比任何人低；可是，看吧，警察分队长，宪兵分队长，检查站站长，出恭入敬的时候，都有人向他们敬礼，敬礼是这样的，两个鞋后跟用力相碰，身子笔直，双目注视，把右手放在眉毛旁边。（这是一种学问，深恐大家不晓得，所以本大官稍加说明。）就是保长甲长，出门的时候，也有随从。本大官，"馆长声音提高，十分动感情的说："本大官为了争取本馆的体面，不能不添设馆警；有了馆警，本大官出入的时候，就也有鞋后跟相碰，手遮眉毛的声势。本大官十二万分再加十二万分的相信，这是必要的，必要的，必要的！"馆长的头上出了汗；坐下，用手绢不住的擦脑门。

照例，馆长发言以后，别人都要沉默几分钟。水仙馆的（金光镇的也如此）民主精神是大官发表意见，小官们只能低头不语。

副馆长慢慢的立起来："馆长，请问：馆警是专给馆长一个人行礼呢，还是给大家都行礼呢？"

副馆长这一质问，使大家不由的抬起头来，他既是山东人，敢说话，又和本镇上宪兵队长是同乡，所以理直气壮，连馆长都惧怕他三分。

"这个……"馆长想了一会儿。"这好办！本馆长出入大门警察须碰两次鞋跟，遮两次眉毛。副馆长出入呢，就只碰一次，遮一次，以便有个区别。"

副馆长没再说什么，相当的满意这个办法。

大家又低头无语。

"这一案做为通过！"馆长发了命令。

大家依然低头不语，议案通过。

这可惹起来一场风波。散会后，研究科的学者们由科长引衔全体辞职。他们都是学者，当着馆长的面，谁也不肯发言，可是他们又决定不肯牺牲了享受敬礼的尊严，所以一律辞职。他们也晓得假若辞职真照准的话，他们会再递悔过书的。

馆长相当的能干，把这件事处理得很得法。他挽留大家。而给科长记了一过。同时，他撤销了添设门警的决议案，而命令馆长室的工友："每天在我没来到的时候，你要在大门外等着；我一下滑竿，你要敬礼，而后高声喊：馆长老爷到！等到我要出去的时节，你必须先跑出大门去，我一出门，你要敬礼，高声喊：馆长老爷去！看情形，假若门外有不少的过路的人，你就多喊一两声！"

工友连连的点头称是。"可是，馆长老爷，我的事情不就太多了吗？"

"那，我叫总务科多派一个工友帮助你就是了！"

　　这样，一场小小的风波，就平静无事了。在其中充分的表现了民主精神，还外带着有点人道主义似的。

二

　　在我们的这个民主世界——金光镇——里，要算裘委员最富于民主精神。他是中央委员，监察委员，还是立法委员，没人说得清。我们只知道他是委员，而且见面必须高声的叫他裘委员；我们晓得，有好几个无知的人曾经吃过他的耳光，因为他们没高声的喊委员。

　　裘委员很有学问。据说，他曾到过英美各民主国家考察过政治；现在，他每逢赶场（金光镇每逢一四七有"场"），买些地瓜与红苕之类的东西，还时时的对乡下人说一两个英文字，使他们莫名其妙。

　　不过，口中时时往外跳洋字，还是小焉者也。裘委员的真学问却是在于懂得法律与法治。"没有法治的精神，中国是不会强起来的！"这句话，差不多老挂在他的嘴边上。他处处讲"法"。他的屋中，除了盆子罐子而外，都是法律书籍，堆得顶着了天花板。那些满印着第几条第几款，使别人看了就头疼的书，在裘委员的眼中就仿佛比剑侠小说还更有趣味。他不单读那些"天书"，而且永远力求体行。他的立身处世没有一个地方不合于法的。他家中人口很少，有一位太太一位姨太太两个儿子。他的太太很胖。大概因为偏重了肌肉的发展，所以她没有头发。裴委员命令她戴上假头发——在西洋，法官都需头罩发网的，他说。按法律上说，他不该娶姨太太。于是他就自己制定了几条法律，用恭楷写好，贴在墙上，以便给她个合法的地位。他的两位少爷都非常的顽皮，不敢管教。裴委员的学问使他应付裕如，毫无困难。他引用了大清律，只要孩子们斜看他一眼，就捆打二十。这样，孩子们就越来越淘气，而且到处用粉笔写出"打倒委员爸爸"的口号。为这个，裴委员预备下一套夹棍，常常念道："看大刑伺候！"向儿子们示威。

裴委员这点知法爱法的精神博得了全镇人士的钦佩。有想娶姨太太的，必先请他吃酒，而把他自己制定的姨太太法照抄一份，贴在门外，以便取得法律的根据。有的人家的孩子们太淘气，也必到委员家中领取大清律，或者甚至借用他的那套夹棍，给孩子们一些威胁。

这样，裴委员成为全镇上最得人缘的人。假若有人不买他的账，他会引用几条律法，把那个家伙送到狱中去的。他的法律知识与护法的热诚使他成了没有薪俸的法官。他的法律条款与宪书上的节气（按：系指历书上的二十四节而言），成为金光镇中必不可少的东西。

　　虽然裘委员的威风如此之大，可是在抗战中他也受了不少委屈。看吧！裘委员的饭是平价米煮的，而饭菜之中就每每七八天见不着一根肉丝。鸡蛋已算是奢侈品，只有他自己每天早晨吃两个，其余的人就只能看看蛋皮，咽口吐沫而已。说到穿呢，无冬无夏的，他总穿着那套灰布中山装；假若没有胸前那块证章，十之八九他会被看作机关上的工友的。这，他以为，都是因为我们缺乏完善的法律。假若法律上定好，委员须凭证章每月领五支鸡，五十斤猪肉，三匹川绸，几双皮鞋，他一定不会给国家丢这份脸面的。

　　特别使他感到难过的是住处。我们已经说过：金光镇原本是个很小的镇子，在抗战中忽然涨大起来的。镇上的房子太不够用。依着裘委员的心意，不管国家怎样的穷，不管前线的士兵有无草鞋穿，也应当拨出一笔巨款，为委员们建筑些相当体面的小洋房，并且不取租钱。可是，政府并没这么办，他只好和别人一样的租房子住了。

　　凭他的势力与关系，他才在一个大杂院里找到了两间竹篾为墙，茅草盖顶，冬寒夏热，有雨必漏，遇风则摇的房屋。不平则鸣，以堂堂的委员而住这样的猪圈差不多的陋室，裘委员搬来之后就狂吼了三天。把怒气吼净，他开始布置房中的一切。他叫大家都挤住一间，好把另外的一间做为客厅和书房。他是委员，必须会客，所以必须有客厅。然后，他在客室门外，悬起一面小木牌，写好"值日官某某"。值日官便是他的两位太太与两位少爷。他们轮流当值，接收信件，和传达消息。遇有客人来访，他必躲到卧室里去，等值日官拿进名片，他才高声的说"传"，或"请"；再等客人进了客室，他才由卧室很有风度的出来会客。这叫作"体统"，而体统是法治的基本。

他决定不交房租。他自己又制定了几条法律，首要的一条是："委员住杂院得不交房租"。

杂院里住着七八家子人，有小公务员，有小商人，有小流氓——我们的民主世界里有不少的小流氓，他们的民主精神是欺压良善。

裘委员一搬进来，便和小流氓们结为莫逆。他细心的给他们的行动都找出法律的根据。他也教他们不交房租，以便人多势众，好叫房东服从多数。这是民主精神。

房东是在镇上开小香烟店的，人很老实。他有个比他岁数稍大的太太，一个十三岁的男孩，也都很老实。他们是由河北逃来的。河北受敌人的蹂躏最早，所以他们逃来也最早。那时候，金光镇还没有走红运，房子地亩都很便宜，所以他们东凑西凑的就开了个小店，并且买下了这么一所七扭八歪的破房。金光镇慢慢发达起来，他的生意一天比一天好，而房子，虽然是那么破，也就值了钱。这，使裘委员动了气。他管房东叫奸商，口口声声非告发他不可。房东既是老实人，又看房客是委员，所以只好低头忍气吞声，不敢索要房租。及至别的房客也不交房租了，他还是不敢出声。在他心里，他以为一家三口既能逃出活命，而且离家万里也还没挨饿，就得感谢苍天，吃点亏又算得什么呢。

裘委员看明白了房东的心意，马上传来一个小流氓："你去向房东说：房子都得赶紧翻修，竹篾改为整砖，土地换成地板。我是委员，不能住狗窝！要是因为住在这里而损及我的健康，他必受惩罚！这些，都有法律的根据！此外，他该每月送过两条华福烟来。他赚钱，理当供给我点烟。再说，这在律书上也有明文！他要是不答应，请告诉他，这里的有势力的人不是我的同事，就是我的朋友，无论公说私断，都没他的好处。我们这是民主时代，我不能不教而诛，所以请你先去告诉明白了他。"

房东得到通知，决定把房子卖出去，免得一天到晚的怄气。

裘委员请来几位"便衣"。所谓"便衣"者，不是宪兵，不是警察，也不是特务，而是我们这个小民主世界特有的一种人物。他们专替裘委员与其他有势力的人执行那些私人自定的法律。

房东住在小香烟店里，家中只剩下太太与十三岁的男孩。便衣们把房东太太打了一顿——男人打女人是我们这个小民主世界最合理的事。他们打，裴委员在一旁怒吼："混账！你去打听打听，普天之下有几个委员！你敢卖房？懂法律不懂？混账！"

打完了房东太太，便衣们把他十三岁的男孩子抓了走。

"送他去当壮丁！"裴委员呼喝着。"混账！"房东急忙的跑回来。他是老实人，所以不敢和委员讲理，进门便给委员跪下了。

"你晓得我是委员不晓得？"裴委员怒气冲冲的问。"晓得！"房东含着泪回答。

"委员是什么？说！"

"委员是大官！比县太爷还大的大官儿！"

"你还敢卖房不敢？"

"小的该死！不敢了！"

"好吧，把你的老婆送到医院去，花多少医药费照样给我一份儿，她只伤了点肉皮，我可是伤了心，我也需要医药费！""一定照送！裴委员放了我的孩子吧，他才十三岁，不够当壮丁的年纪！"房东苦苦的哀求。

"你不懂兵役法，你个混蛋！"

"我不懂！只求委员开恩！"

"拿我的片子，把他领出来！——等等！"

房东又跪下了。

"从此不准你卖房，不准要房租，还得马上给我翻修房子，换地板！"

"一定办到！"

"你得签字；空口无凭，立字为证！"

"我签字！"

这样，委员与房东的一场纠纷就都依法解决了。这也就可以证明我们的金光镇的确是个民主世界呀。

三

在我们的这个小小的民主世界里，局面虽小，而气派倒很大。只要有机会，无论是一个家庭，还是一个机关，总要摆出它的最大的气派与排场来。也只有这样，这一家或机关才能引起全镇人的钦佩。气派的大小也就是势力的大小，而势力最大的总也就是最有理的。这是我们的民主世界特有的精神，有的人就称之为国粹。

我们镇上的出头露脸的绅士与保甲长都时常的"办事"。婚丧大事自然无须说了，就是添个娃娃，或儿女订婚，也要惊天动地的干一场的。假若不幸，他们既无婚丧大事，又没有娃娃生下来，他们也还会找到摆酒席的题目。他们会给父母和他们自己贺寿。若是父母已亡，便作冥寿。冥寿若还不过瘾，他们便给小小子或小姑娘贺五岁或十岁寿。

不论是办哪种事吧，都要讲究杀多少根猪，几百只或几千只鸡鸭，开多少晒子干酒。鸡鸭猪羊杀的越多，仿佛就越能邀得上天的保佑，而天增岁月人增寿的。假若与上天无关呢，大家彼此间的竞赛或者是鸡鸭倒楣的重要原因之一。张家若是五十桌客，李家就必须多于五十桌；哪怕只多一桌呢，也是个体面。因此，每家办事，酒席都要摆到街上来，一来是客太多，家里容不下，二来也是要向别家示威。这样，一家办事，镇上便须断绝交通。我们的民主精神是只管自己的声势浩大，不管别人方便不方便的。所以，据学者们研究的结果，这是世界上最好的一种民主精神，因为它里面含有极高的文化因素。若赶上办丧事，那就不单交通要断绝，而且大锣大鼓的敲打三天三夜，吵得连死人都睡不安，而活人都须陪着熬夜。锣鼓而外还有爆竹呢。爆竹的威力，虽远不及原子弹，可是把婴孩们吓得害了惊风症是大有可能的。

问题还不仅这样简单。他们讲排场，可就苦了穷人。无论是绅粮，还是保甲长家中办事，穷人若不去送礼，便必定开罪于上等人；而得罪了上等人，在这个小小的民主世界里，简直等于自取灭亡。穷人，不管怎样为难，也得送去礼物或礼金。对于他们，这并不是礼物礼金，而是苛捐杂税。但是，他们不敢不送；这种苛捐杂税到底是以婚丧事为名的，其中似乎多少总有点人情，而人情仿佛就与民主精神可以相通了。穷人送礼，富人收礼，于是，富人不因摆百十桌酒库而赔钱——其目的，据说是为赚钱——可是穷人却因此连件新蓝布大褂也穿不上了。

　　本地的绅粮们如此，外来的人也不甘落后。我们镇上的欢送会与欢迎会多得很。在英美的民主世界里，若是一位警长或邮局局长到一个小镇上任去，或从一个小镇被调走，大概他们只顾接事或办交代，没有什么别的可说。同时，那镇上的人民，对他们或者也没有欢迎与欢送的义务。他们办事好呢，是理应如此；他们拿着薪俸，理当努力服务。他们办不好呢，他们会得到惩戒，用不着人民给他们虚张声势。我们的金光镇上可不这样，只要来一个小官，镇上的公民就必须去欢迎，仿佛来到金光镇上的官吏都是大圣大贤。等到他们离职的时候，公民们又必须去欢送，不管离职的人给地方上造了福，还是造了孽。不单官吏来去如此，连什么银号钱庄的老板到任去任也要如此，因为从金光镇的标准来看，天天埋在钞票堆中的人是与官吏有同等重要的。这又是我们的民主世界里特有的精神，恐怕也是全世界中最好的精神。

　　本着这点精神，就很可以想象到我们镇上怎样对待一个偶然或有意从此经过的客人了。按说，来了一位客人，实在不应当有什么大惊小怪的地方。假若他是偶然从此路过呢，那就叫他走他的好了。假若他是有意来的，譬如他是来调查教育的，那就请他到学校去看看罢了；他若是警察总局的督察，就让他调察警政去吧；与别人有什么关系呢？

不，不，我们金光镇自有金光镇的办法。只要是个阔人，不管他是干什么来的，我们必须以全镇的人力物力，闹得天翻地覆的欢迎他。这紧张的很：全镇到处都须把旧标语撕了下去，撕不净的要用水刷，然后贴上各色纸的新标语。全镇的街道（也许有一个多月没扫除过了）得马上扫得干干净净。野狗不得再在路上走来走去，都捉起来放到远处去。小孩子，甚至连鸡鸭，都不许跑出家门来。卖花生桔柑的不准在路旁摆摊子。学校里须用砖头沾水磨去书桌上的墨点子，弄得每个小学生都浑身是泥污。这样折腾两三天，大人物到了。他也许有点事，也许什么事也没有。他也许在街上走几步，也许坐着汽车跑过去。他也许注意到街上很清洁，也许根本不理会，不管他怎样吧，反正我们须心到神知的忙个不亦乐乎。我们都收拾好了之后，还得排队到街外去迎接他呢。中学生小学生，不管天气怎样冷，怎么热，总得早早的就站在街外去等候。他若到晌午还没来，小孩们更须立到过午；他若过午还没到，他们便须站到下午。他们渴，饿，冷或热，都没关系。他们不能随便离队去喝口水或买个烧饼吃；好家伙，万一在队伍不整齐的时候，贵人来到了呢，那还了得！我们镇上的民主精神是给贵人打一百分，而给学生们打个零的。小孩子如此，我们大人也是如此。我们也得由保甲长领着去站班。我们即使没有新蓝布大褂，也得连夜赶洗旧大衫，浆洗得平平整整的。我们不得穿草鞋，也不得带着旱烟管。我们被太阳晒晕了，也还得立在那里。

学生耽误了一天或两天的学，我们也累得筋疲力尽，结果，贵人或是坐着汽车跑过去，或是根本没有来。虽然如此，我们大家也不敢出怨言，舍命陪君子是我们特有的精神啊。这精神使我们不畏寒，不畏暑，不畏饥渴，而只"畏大人"。

载一九四五年九月至十二月

《民心半月刊》第一卷第一期至第五期

牛老爷的痰盂

　　牛博士，老爷，大人，什么什么委员，这个长那个长，是个了不得的人物。少年中过秀才，二十八岁在美得过博士，三十岁以后做过各样的高官，四十以后有五位姨太太，大量的吸食鸦片，至今还没死，还挺有造化。

　　牛博士的学问不深，可是博，博得很。因为博学，所以对物物留神，事事细心；虽做着高官尚心细如发，细巨不遗；躺在床上吸鸦片的时候还想这家事国事天下事。这样的官儿是干才，所以不好伺候。牛博士到哪里为官，都发着最大的脾气，而使手下人战战兢兢，在穿着夏布大衫的天气还要发抖。大家越发抖，牛老爷越威风，他晓得自己是了不得的人物，而大家是庸才。大家无论怎样的殷勤巴结，总是讨不出好来的，因为牛大人的思想是那么高明复杂，平常人无论如何是猜不到好处的。平常人，懂得老事儿的，不懂得新事儿；懂得新事儿的，又不懂得老事儿；而牛老爷是博通今古，学贯中西，每一个主意都出经入史，官私两便，还要合于物理化学与社会经济！

牛老爷在做税关监督的时候，曾经亲手打过庶务科科长两个很响的嘴巴，不但科长到医院去检查牙齿，牛监督也到医院去打强心针——他是用了全力打的那两个嘴巴，要不然也不会那么响！虽然打了强心针，牛老爷可是很快活，因为这次的嘴巴实在是打破了纪录。况且医院的药单是照例送到庶务科去，牛老爷并不因为看病而损失一点什么。打嘴巴的原因是由于买汽车。庶务科科长是个摩登人物，很晓得汽车的式样，构造，舒适，速度，与怎样拿扣头。这回，可碰了钉子。车，设若完全由一般的摩登人物来看，真是辆好车，式样新，座位舒服，走得稳而快。可是他不象监督那样博古通今；他只顾了摩登，而忘却了监督少年曾中过秀才。

科长押着新车，很得意的开到监督门外。监督正在书房里看书。所谓看书，就是在床上躺着吸烟，而枕旁放着一本书；这本书是中国书而西式装订起来的，遇到客人来，监督便吸一气烟，翻一翻书，正和常人一边吸烟卷一边看书那样。客人要是老派的呢，他便谈洋书；反之，客人要是摩登的呢，他便谈旧学问；他这本西装的中书，几乎是本天书，包罗万象，而随时变化。

科长进了书房，监督可是并没去翻那本天书。科长不是客人，监督用不着客气。连连吸了好几气烟，监督发了话："你知道我干吗买这辆车？"

"衙门的那辆太旧了，"科长试着步儿说，"那还是——"他要说，"那还是去年买的呢，"可是觉出"去年"与那"还"字间的文气不甚顺溜。

监督摇了头："一点也不对！我为是看看你办事的能力怎样。老实不客气的对你讲，我的那一片履历是我的精明给我挣来的。到处，我办事是非常认真的！真金不怕火炼，我的属员得经得住我的试炼。第一件我要问你的，你知道我的房子是新赁的，而没有车棚，同时你又晓得我得坐汽车，为什么不先派人来先造车棚子呢？"

"马上我就派人来修！马上——"科长的嘴忽然有点结巴。"马上？你早干什么来着？先看看车去！"

科长急忙往外走，心里轻松了一点，以为一看见车，监督必能转怒为笑的。

看了车里边一眼，监督给了科长两个嘴巴。牛监督从中外的学问里研究出来的：做大官的必不许带官僚气，而对于属员应有铁般的纪律。

"我问你，"监督用热辣辣的手指，指着科长热辣辣的脸蛋："你晓得不晓得我这老一点的人有时候是要吐痰的？痰要是吐在车里是否合于卫生？那么，为什么不在车里安个痰盂？""马上就去安一个！"科长遮着脸说。

"安什么样子的？怎么个安法？我问你！"监督的绿脸上满跳起更绿的筋，象一张不甚体面的倭瓜叶似的。"买一只小白铜的，大概——"

"买一只，还大概？你这个东西永远不会发达了，你根本不拿事当事做！你进来！"

科长随着监督又进了书房，房中坐着位年轻的女子，监督的三姨太太。见姨太太在屋中，监督的神气柔和了许多，仿佛是表示给科长，他是很尊重妇女的。

"我告诉过你了，叫你办这点事是为看看你的办事能力怎样。"监督又躺在床上，可是没有顾得吸烟。"你要知道，中国的衰败，都是因为你们这些后生不肯吃苦做事，不肯用脑子想事，你们只管拿薪水，闹恋爱，胡扯八光！"

科长遮着脸，看了姨太太一眼，心中平静了一些。

监督很想把姨太太支出去，以便尽兴的发挥，终于被尊重女子的精神给阻止住。喝了口酽茶，喘了口气，继续训话："就拿安一只痰盂说，这里有多少学问与思想！买一只，还大概？哼！

以科学的态度来讲，凡事不准说大概！告诉你，先以艺术的观点来说，这只痰盂必须做得极美，必定不能随便买一只。它的质，它的形，都须研究一番。据我看，铜的太亮，铁的太蠢，镀银的太俗，顶好是玉的。中国制玉是天下驰名的，你也许晓得？至于形，有仿古与新创两种。若是仿古呢，不妨仿制古代的壶或卣，上面刻上钟鼎文，若是新创呢，就应当先绘图，看了图再决定上面雕刻什么。不过，质与形之外，还要顾到卫生的条件。它下面必须有一条不碍事的皮管或钢管，通到车外，使痰滑到车外，落在街上，而不能长久的积在盂中。这需要机械学的知识。与此相关的，还要研究痰盂的位置与安法；位置，不用说，必须极方便；安法，不用说必须利用机械学的知识，盖儿自动的起落，盂的本身也能转动，以备车里有二人以上的时候都不费事而能吐痰，我这不过是指示个大概，可已经包括好几种学问在内；要是安心去细想，问题还多的很呢！你呀，年轻的人，就是吃亏在不会用这个，"监督指了指脑袋。

　　姨太太自动的出去了。科长仿佛没有听见监督说了些什么，而"嗯"了一声。

　　"嗯什么？"监督见姨太太出去，又强硬起来："我说你没有脑子！"

　　科长摸不着头脑，一手遮脸，一手抓头。

　　监督叹了口气。"你回去吧，先派四名木匠，四名泥水匠，两名漆匠，两名机器匠来。我用不着你，我自己会告诉他们怎么办。车棚，痰盂，地板，浴室，小孩的玩具，都得收拾与建造，全用不着你分心了，我自己会办！回去，赶快把工人们先派来。这几名工人都要常川的在这里工作，好省你们的事！"监督决定不再说什么，因为已经非常的疲倦。科长先把木匠们派来，而后到医院去看牙。虽然挨了打，他倒并不怀恨着牛监督。反之，下半天他又到监督宅上看看还有甚么该办的事没有。第二天、第三天，几乎是天天，他总到监督宅里去看一眼，仿佛他很喜欢牛监督似的。

　　在监督宅里，他遇见了会计科长。他一猜便猜着了，监督是要看看会计科科长办事的能力如何。对会计科长他是相当的佩服，因为会计科科长不但没挨嘴巴，并且连监督家中的厨子与男女仆的工钱也蒙监督允准由衙门里代开；关于那十几个匠人的工资自然更没有问题。十几个工人几乎是昼夜不停的工作，连监督的小孩坐着玩的小板凳都由监督自出花样，用红木做面，精嵌蛤蚌的花儿。

　　他可是没看见他们做那个艺术的科学的卫生的痰盂。后来才打听出来，原来监督已决定到福建定作五十个闽漆嵌银的，科长放了点心，他晓得这么办可以省他许多的事，只须定活一到，他把货呈上去而后把账条交给会计科就行了。

　　闽漆的痰盂来到以后，牛监督——虽然那么大的脾气——感到一点满意；把痰盂留下五个，其余的全送给了朋友们。于是全城里有汽车的人都有了一个精美的痰盂，好看，好用，而且很光荣，因为是监督送给的。不久，由一城传到另一城，汽车里要是没一个"监督痰盂"就差些气派。由监督的秘书计算，在一个月里，监督接到五百多封信，其中有一百二十五封是恳切的请求监督赏个痰盂的。牛监督只好又定作了二百个，比头一批又精巧了许多，价钱也贵了三分之一；科长也照样把账单送交了会计科。

　　痰盂而外，牛监督还有许多发明，都是艺术，科学，卫生的化合物，中西文化沟通的创作品。监督到哪里做官，都会就地取材发明一些东西，并且拿这些东西的监制与上账看看属员们办事的能力。

　　在这些发明之中，"监督痰盂"总得算个得意之作。不过，现今牛老爷可不许任何人再提这件事。这倒并不是由于他已不作监督，嫌"监督痰盂"已成为过去的名词，而是因为在第二批痰盂来到，他正忙着分送朋友们的时节，三姨太太也不知怎么偷偷的跑出去了，始终没有再回来。他因此不准人再提起这些痰盂，到处为官他也不再打庶务科长的嘴巴了，虽然脾气还是很大。

沈二哥加了薪水

四十来岁，扁脸，细眉，冬夏常青的笑着，就是沈二哥。走路非常慎重，左脚迈出，右脚得想一会儿才敢跟上去。因此左肩有些探出。在左肩左脚都伸出去，而右脚正思索着的时节，很可以给他照张相，姿态有如什么大人物刚下飞机的样子。

自幼儿沈二哥就想作大人物，到如今可是还没信儿作成。因为要作大人物，就很谨慎，成人以后谁也晓得他老于世故。可是老于世故并不是怎样的惊天动地。他觉得受着压迫，很悲观。处处他用着心思，事事他想得周到，步法永远一丝不乱，可也没走到哪儿去。他不明白。总是受着压迫，他想；不然的话……他要由细腻而丰富，谁知道越细心越往小里抽，象个盘中的桔子，一天比一天缩小。他感到了空虚，而莫名其妙。

只有一点安慰——他没碰过多少钉子，凡事他都要"想想看"，唯恐碰在钉子上。他躲开了许多钉子，可是也躲开了伟大；安慰改成了失望。四十来岁的了，他还没飞起来过一次。躲开一些钉子，真的，可是嘴按在沙窝上，不疼，怪憋得慌。

对家里的人，他算尽到了心。可是他们都欺侮他。太太又要件蓝自由呢的夹袍。他照例的想想看，不说行，也不说不行。他得想想看：论岁数，她也三十五六了，穿哪门子自由呢？论需要，她不是有两三件夹袍了吗？论体面，似乎应当先给儿女们做新衣裳，论……他想出无数的理由，可是不便对她直说。想想看最保险。

"想想看，老想想看，"沈二嫂挂了气："想他妈的蛋！你一辈子可想出来什么了？！"

沈二哥的细眉拧起来，太太没这样厉害过，野蛮过。他不便还口，老夫老妻的，别打破了脸。太太会后悔的，一定。他管束着自己，等她后悔。

可是一两天了，他老没忘了她的话，一时一刻也没忘。时时刻刻那两句话刺着他的心。他似乎已忘了那是她说的，他已忘了太太的厉害与野蛮。那好象是一个启示，一个提醒，一个向生命的总攻击。"一辈子可想出什么来了？老想想看！想他妈的蛋！"在往日，太太要是发脾气，他只认为那是一种压迫——他越细心，越周到，越智慧，他们大家越欺侮他。这一回可不是这样了。这不是压迫，不是闹脾气，而是什么一种摇动，象一阵狂风要把老老实实的一棵树连根拔起来，连根！他仿佛忽然明白过来：生命之所以空虚，都因为想他妈的蛋。他得干点什么，要干就干，再没有想想看。

是的，马上给她买自由呢，没有想想看。生命是要流出来的，不能罐里养王八。不能！三角五一尺，自由呢。买，没有想想看，连价钱也不还，买就是买。

刮着小西北风，斜阳中的少数黄叶金子似的。风刮在扁脸上，凉，痛快。秋也有它的光荣。沈二哥夹着那卷儿自由呢，几乎是随便的走，歪着肩膀，两脚谁也不等着谁，一溜歪斜的走。没有想想看，碰着人也活该。这是点劲儿。先叫老婆赏识赏识，三角五一尺，自由呢，连价也没还，劲儿！沈二哥的平腮挂出了红色，心里发热。生命应该是热的，他想，他痛快。

"给你，自由呢！"连多少钱一尺也不便说，丈夫气。"你这个人，"太太笑着，一种轻慢的笑，"不问问我就买，真，我昨天已经买下了。得，来个双份。有钱是怎着？！""那你可不告诉我？！"沈二哥还不肯后悔，只是乘机会给太太两句硬的："双份也没关系，买了就是买了！""哟，瞧这股子劲！"太太几乎要佩服丈夫一下。"吃了横人肉了？不告诉你喽，哪一回想想看不是个蔫溜儿屁？！"太太决定不佩服他一下了。

沈二哥没再言语，心中叫上了劲。快四十了，不能再抽抽。英雄伟人必须有个劲儿，没有前思，没有后想，对！第二天上衙门，走得很快。遇上熟人，大概的一点头，向着树，还是向着电线杆子，都没关系。使他们惊异，正好。

衙门里同事的有三个加了薪。沈二哥决定去见长官，没有想想看。沈二哥在衙门里多年了，哪一件事，经他的手，没出过错。加薪没他的事？可以！他挺起身来，自己觉得高了一块，去见司长。

"司长，我要求加薪。"没有想想看，要什么就说什么。这是到伟大之路。

"沈先生，"司长对老人儿挺和气，"坐，坐。"

没有想想看，沈二哥坐在司长的对面，脸上红着。"要加薪？"司长笑了笑，"老人儿了，应当的，不过，我想想看。"

"没有想想看，司长，说句痛快的！"沈二哥的心几乎炸了，声音发颤，一辈子没说过这样的话。

司长愣了，手下没有一个人敢这样说话，特别是沈二哥；沈二哥一定有点毛病，也许是喝了两盅酒，"沈先生，我不能马上回答你；这么办，晚上你到我家里，咱们谈一谈？"

沈二哥心中打了鼓，几乎说出"想想看"来。他管住了嘴：

"晚上见，司长。"他退出屋。什么意思呢？什么意思呢？管它呢，已经就是已经。看司长的神气，也许……不管！该死反正活不了。不过，真要是……沈二哥的脸慢慢白了，嘴唇自己动着。他得去喝盅酒，酒是英雄们的玩艺儿。可是他没去喝酒，他没那个习惯。

他决定到司长家里去。一定没什么错儿；要是真得罪了司长，还往家中邀他么？说不定还许有点好处，"硬"的结果；人是得硬，哪怕偶尔一次呢。他不再怕，也不告诉太太，他一声不出的去见司长，得到好处再告诉她，得叫她看一手两手的。沈二哥几乎是高了兴。

司长真等着他呢。很客气，并且管他叫沈二哥："你比我资格老，我们背地里都叫你沈二哥，坐，坐！"沈二哥感激司长，想起自己的过错，不该和司长耍脾气。"司长，对不起，我那么无礼。"沈二哥交待了这几句，心里合了辙。他就是这么说话的时候觉得自然，合身份。"自己一定是疯了，跟司长翻脸。"他心里说。他一点也不硬了，规规矩矩的坐着，眼睛看着自己的膝。"司长叫我干什么？""没事，谈一谈。"

"是。"沈二哥的声音低而好听，自己听着都入耳。说完了，似乎随着来了个声音："你抽抽"，他也觉出来自己是一点一点往里缩呢。可是他不能改，特别是在司长面前。司长比他大的多，他得承认自己是"小不点"。况且司长这样客气呢，能给脸不兜着么？

"你在衙门里有十年了吧？"司长问，很亲热的。"十多年了，"沈二哥不敢多带感情，可是不由的有点骄傲，生命并没白白过去，十多年了，老有差事作，稳当，熟习，没碰过钉子。

"还愿往下作？"司长笑了。

沈二哥回答不出，觉得身子直往里抽抽。他的心疼了一下。还愿往下作？是的。但是，这么下去能成个人物么？他真不敢问自己，舌头木住了，全是空的，全是。"你看，今天你找我去……我明白……你是这样，我何尝不是这样。"司长思索了会儿。"咱们差不多。没有想想看，你说的，对了。咱们都坏在想想看上。不是活着，是凑合。你打动了我。咱们都有这种时候，不过很少敢象你这么直说出来的。咱们把心放在手上捧着。越活越抽抽。"司长的眼中露出真的情感。

沈二哥的嘴中冒了水。"司长，对！咱们，我，一天一天的思索，只是为'躲'，象苍蝇。对谁，对任何事，想想看。精明，不吃亏。其实，其实……"他再找不到话，嗓子中堵住了点什么。

"几时咱们才能不想想看呢？"司长叹息着。

"几时才能不想想看呢？"沈二哥重了一句，作为回答。

"说真的，当你说想想看的时候，你想什么？""我？"沈二哥要落泪："我只想把自己放在有垫子的地方，不碰屁股。可也有时候，什么也不想，只是一种习惯，一种习惯。当我一说那三个字，我就觉得自己小了一些。可是我还得说，象小麻雀听见声儿必飞一下似的。我自己小起来，同时我管这种不舒服叫作压迫。我疑心。事事是和我顶着牛。我抓不到什么，只求别沉下去，象不会水的落在河里。我——"

"象个没病而怕要生病的，"司长接了过去。"什么事都先从坏里想，老微笑着从反面解释人家的好话真话。"他停了一会儿。"可是，不用多讲过去的了，现在我们怎办呢？""怎办呢？"沈二哥随着问，心里发空。"我们得有劲儿，我认为？"

"今天你在衙门里总算有了劲儿，"司长又笑了笑，"但是，假如不是遇上我，你的劲儿有什么结果呢？我明天要是对部长有劲儿一回，又怎样呢？"

"事情大概就吹了！"

"沈二哥，假若在四川，或是青海，有个事情，需要两个硬人，咱俩可以一同去，你去不去？"

"我想想看，"沈二哥不由的说出来了。

司长哈哈的笑起来，可是他很快的止住了："沈二哥，别脸红！我也得这么说，假如你问我的话。咱们完了。人家托咱们捎封信，带点东西，咱们都得想想看。惯了。头裹在被子里咱们才睡得香呢。沈二哥，明天我替你办加薪。""谢"堵住了沈二哥的喉。